八十路からの新たな旅立ち

伊豆こそわが人生

菅卓二

論創社

まえがき

伊豆半島に「終《つい》の住処《すみか》」を建ててからほぼ三十年たった。

前半は週末や連休に利用していたが、二〇〇二年七月、六十九歳を迎えて一切の職を退いたのを機に本格的に伊豆生活を始めた。それ以来でもほぼ十七年になる。

こう書くと、リタイア後の人生設計は相当に緻密だったように聞こえるかもしれないが、実のところ私はかなりせっかちで、心の赴くままに事を進める癖がある。七十歳を前にして伊豆半島に移り住んだのはいいが、半島の片すみに蟄居《ちっきょ》を決めこむには少々早すぎた。外に向かってやりたいことがまだいくつか残っていたのだ。

一つはこれまでに積み上げてきた友人たちとのつき合い、もう一つは自由気ままな旅である。

前者については今でも月一、二回、都心などに出かけて行って旧友たちと一杯飲んだり、ゴルフをしたりの交流を続けている。多くは同世代の友人だから、時の流れに任せれば、いつの日か自然消滅するだろうが、若い人たちとの交流はこれからも続く。長生きの秘訣の一つは年下の友人を持つことだから、そうしたつき合いはできるだけ大切にしたい。幸い、伊豆にも同世代人から二十歳ほど年下の友人までできて、今では心豊かに日々を過ごしている。

もう一つ、旅への憧憬《しょうけい》となると、これまた尋常では断ち切りがたいほど心が動く。これからも気力体力に合わせて、相応の旅を続けるだろう。

伊豆に移り住んだ後も、七十代の十年間は、夫婦で毎年海外に出かけた。一つの国に留まり、三週間ほどかけて各地を巡ったものだ。どこに出かけても、起点こそ都会だが、できるだけ田舎回りに時間を割いた。それには車旅が一番、多くの国でレンタカーを手配し、走り回った。ドイツでは不慣れな右側運転だったこともあり、タイヤを縁石に擦ってパンクし、トランクを開けて仰天した。スペアタイヤがないのだ。あいにくの週末とあって、途方に暮れながら半日を棒に振ったことを思い出す。フランスではバックしていて路肩から脱輪……。親切な人々の応援を得て窮地を脱した記憶が鮮明に残る。いずこの土地でも心優しい人がいるものだと心に刻んだ一瞬だった。

列車や船の旅も何回か試みた。オーストラリアではメルボルンからアリス・スプリングスまで二泊三日かけての観光列車「ザ・ガン」に乗った。車窓に映る風景は茫漠としてとりとめもなくいささか退屈したものの、車中の応接は至れり尽くせり、すっかり満足した。何事も試してみて損はない。いい思い出だけが今に残る。

七十代後半からのめり込んだもう一つの「旅のかたち」がある。歩き旅だ。本文の中で詳しく書くが、本州横断「塩の道」から始まった私の歩き旅は、八十八か所霊場巡りの「四国へんろ道」の旅となり、熊野古道、中山道、甲州街道、三陸海岸（環境省と地元自治体で整備した歩き旅の道「みちのく潮風トレイル」）へとつながっていった。

だが、寄る年波には勝てない。海外旅行は二〇一三年のドイツ・チェコの列車旅以来、国内歩き旅は三陸海岸を歩いた二〇一六年晩秋を最後に遠ざかっている。昨今は、友人と連れだっての数日の歩き旅とか、家族とともに出かける一～二週間の車旅などが私の旅スタイルになってきた。

私は今（二〇一九年）、八十路《やそじ》の後半にさしかかっている。「蟄居」とまでは言わないが、ぼつぼつ伊豆の地に腰を据え、悠々自適の日々を過ごす年ごろになったのだ。されば、このあたりで、伊豆生活の一端でも書きとどめてみるか、そんな心境にもなってきた。

私にとっての伊豆生活は、十分すぎるほど満ち足りたものではあるが、外から見ればかなり独りよがりの、一組のファミリーが歩む一つの人生パターンに過ぎないだろう。昭和ひとけた後半生まれの日本人は、概して良き時代に生を得たように思うが、これとて私の自己満足かもしれないし、時代論も人それぞれ多様であっていい。

人生は百人百様なのだ。万人に通じる「人生の手本」などあるはずもない。

それでも時代を超え世代を超えて多くの読者諸氏と共有できる人生の秘訣とでもいうべき何

かがあるだろう。そう、好奇心を持つことだ。もう一つある。己の心の赴くままに自由に生きることだ。

好奇心とはまことに都合のいい心の働きである。一見何の変哲もない風景や事象でも好奇心を持って観察すれば新しい発見があるかもしれない。若者ならば人を抜きんでるチャンスにつながるかもしれぬ。八十路も半ばを過ぎた私の未来などはほんにちっぽけ。でも好奇心を持つことは案外老化防止に役立っているかもしれないのだ。まさに一石二鳥である。

本書では、私の伊豆生活の始まりから、庭づくりや動植物との交わり、知己を得た友人たちとの交流、ちょっと欲張って、半島の生い立ちや歴史の一端にも筆が及んだ。「ちょっと欲張りすぎではないか?」ですって。その通り。でもこれとて私の好奇心の赴くところ。恐縮ながらおつき合い願えれば幸いである

菅 卓二

伊豆こそわが人生　目次

Ⅷ　日本を陰で支える

写真・地図／菅　卓二

伊豆こそわが人生

――八十路からの新たな旅立ち

伊　豆　半　島

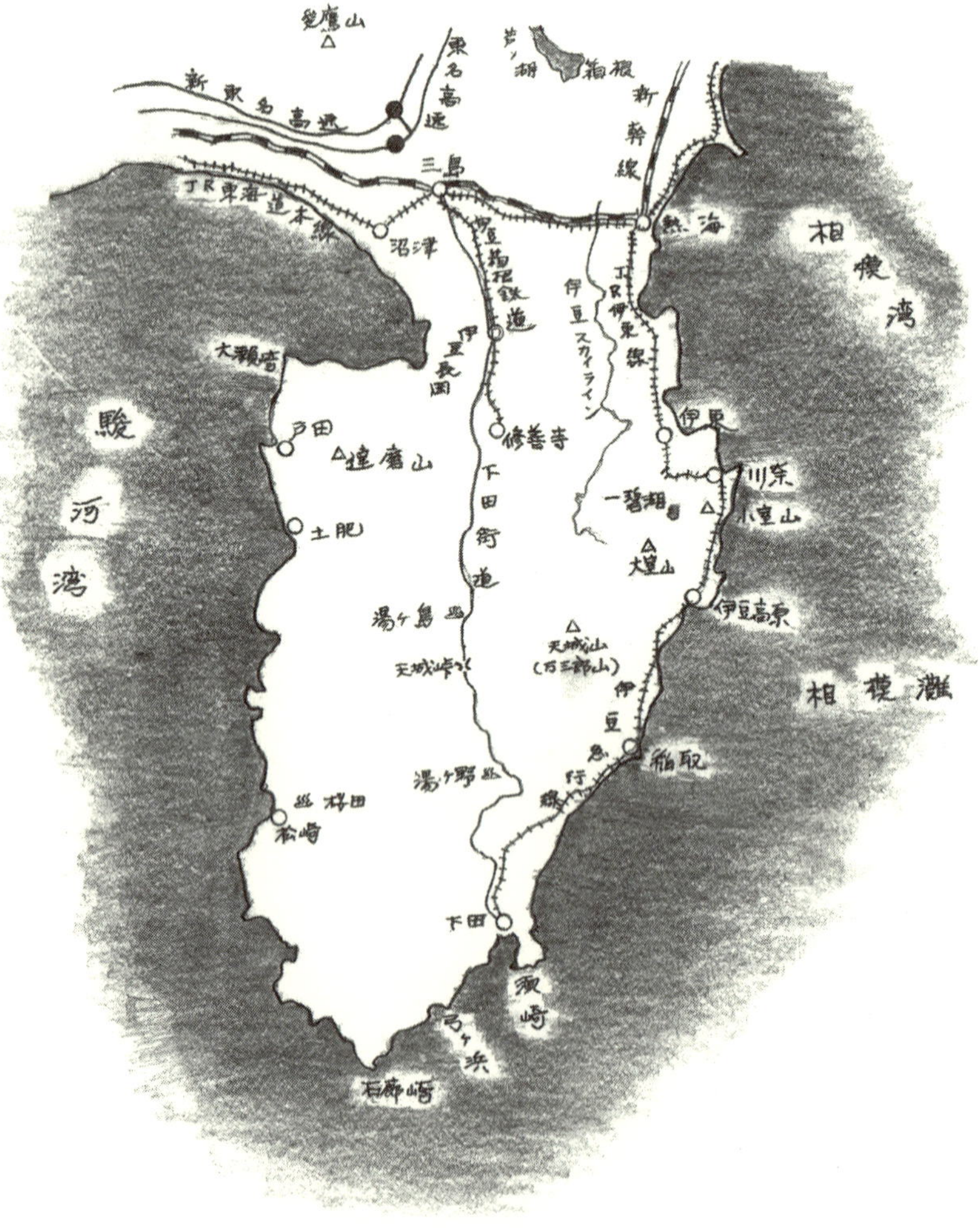

愛鷹山
東名高速
芦ノ湖
箱根
新東名高速
新幹線
三島
JR東海道本線
沼津
熱海
相模湾
伊豆箱根鉄道
伊豆スカイライン
JR伊東線
大瀬崎
伊豆長岡
駿河湾
戸田
達磨山
修善寺
伊東
川奈
下田街道
一碧湖
小室山
土肥
大室山
伊豆高原
湯ヶ島
天城山
(万三郎山)
天城峠
相模灘
伊豆急行線
稲取
湯ヶ野
桜田
松崎
下田
須崎
弓ヶ浜
石廊崎

Ⅰ　伊豆ことはじめ

ヤマツツジと新緑に囲まれた筆者宅

ある晩夏の昼下がり

読書に疲れて庭に出た。空に向かって両手をグーンと伸ばす。腰が少し痛いがすっきりした気分だ。

二〇一八年のこの年は梅雨明け以来の猛暑続きで、植物も人間も相当に干上がっていたが、八月の声を聞いてから台風がいくつかやってきて、幾分しのぎやすくなった。雷さまの号令の下、一気に地上に降り注ぐ雨は、まさに天の賜物である。

なじみのチョウやトンボが午後の日ざしを受けて軽やかに飛び交っている。ありがたくはないが、暑さに弱い蚊も活動を再開したようだ。

どこからやってきたのか小ぶりのチョウが宙《そら》からふわっと舞い降りて、アジサイの葉に止まった。何回か翅を開いたり閉じたりしたあと、太陽に向かって百八十度翅を広げ、じっと静止している。キタテハに違いあるまい。三十度を超えるこの暑さの中でも、このチョウは日光浴を楽しんでいるのか。それとも身に付いた習性か。

十年ほど前の初秋、アラスカを旅したとき目にした風景が蘇った。ホテルの植え込みに行儀よく並んで、一心に陽を浴びるチョウたちに出会ったことを。茶系で小ぶりの姿は目の前のキタテハそっくりだったが、ひょっとして親戚筋の仲間だっただろうか。

面白いものだと思う。歳をとり、友人の名前も旅先の地名もほとんど思い出せない昨今だが、十年も前の一瞬のシーンが、舞い降りたチョウを見たとたん鮮明に蘇ってくるのだ。

台風一過とあって、今日の空は格別に美しい。透明度の高いブルー一色だ。裏山から吹いてくるそよ風が心地よい。セミの声を伴って、コナラの梢を揺すりながら、スーッと通り過ぎてゆく。読書もいいが、庭先での一服も捨てがたいものだ。

ウメの木陰に設えたベンチに腰を下ろして、ぼんやりと辺り一帯を眺めた。

そうだ、ここに積んでおいた落ち葉の山を根こそぎ掘り起こしたのはイノシシだった。一〇〇キロもあるような大きな石までひっくり返して、ミミズだかカブトムシの幼虫だかを食べ尽くしたら来なくなったが、あの時はびっくりした。でも考えてみれば、彼らの方が先住民だったに違いないぞ……。

うつらうつらし始める。

自然の中に住もう、そう思って土地探しを始めたころ、日本はバブルの真っ最中だった。那須高原から始まった土地探しは、各地を一巡したあと静岡県に戻ってきた。

ご縁だと思う。私は今、伊豆半島の片すみに住んでいる。しかも心地よく。

田舎住まいといえるほどの「田舎」ではないが、半島唯一の湖水・一碧湖《いっぺきこ》にほど近く、自然豊かな土地柄である。盆地型地形ゆえ冬の冷え込みは相当なものだし、夏の太陽も容赦なく照りつけるが、夏は朝夕がいい。朝の冷気、そして庭中が紅く染まる日没前の一瞬はさらにいい。

家を建ててほぼ三十年。定住してから数えても十七年たった。

思えば、これまでも整然として生きてきたわけではない。せっかちだから、いつも計画半ばで歩き出していた。住みついた当初は、「自然の中でのピンコロなんて素敵じゃないか」程度の想いだったし、庭づくりもやり直してばかりだった。でも歳月をへて、庭もだんだん自然風になったし、当地が本当の「終《つい》の住処《すみか》」となりつつある。

それでいい。計画なんて後からついてくるものだ。

伊豆への移住がきっかけで私がのめり込んだ旅スタイルがある。歩き旅だ。都会に住み続けていればこんな風変わりな旅などしなかっただろう。塩の道をたどって本州を横断したのが始まりで、ついつい病みつきになり、四国へんろ旅とか毎年出かけたものだ……。

ちょっと待った。「出かけたものだ」とは何だ。最近はめっぽう思い出話が多くなったが、もっとポジティブに考えた方がいいぞ。二年後「八十八歳じいさん四国八十八霊場を往く」なんて格好いいじゃないか……。

睡魔の虜になりつつも、考え続ける。

伊豆半島が特別な土地とは思わない。だが、私のリタイア人生を受け入れて、かくも大きな影響を与えてくれた大地と思えば、地べたにはいつくばって、キスの一つもしてみたい気分になってくる。

恩返しに、老骨に鞭打って何か書き残すことにするか。

太陽は西に傾きながらも一層輝いていた。夏の太陽はさすがパワフルだ。ちょっと暑いがまあいいか、もう少し居眠りしよう……。

先刻のキタテハはそのままの姿でアジサイの葉上で陽を浴びている。どこからともなくアカトンボが舞い降りて、キタテハにちょっかいを出した。舞い上がったチョウは、アカトンボを追い払うと、再び同じアジサイの葉に戻って静止した。

晩夏のひととき、伊豆半島には平和が満ちていた。

昆虫少年だった私

ときどきわが家の庭を訪れるチョウにアサギマダラという妖艶《ようえん》というか、人の心を魅了するチョウがいる。このチョウとの最初の出会いは一九四九年、高校一年の夏だった。採集好きの友人に誘われ、数人連れだって雲取山（二〇一七メートル）に登ったときのことだ。夕刻、一夜を過ごす雲取山荘の周辺を散策していると、樹々の合間を縫って優雅な大型チョウが舞ってい

庭に咲くヒガンバナに止まるクロアゲハ

る。生物部でチョウに詳しいYが、「見たかい。あれがアサギマダラだよ」と教えてくれたものの、手を出すいとまもなく、悠然と飛び去っていった。

（世の中にこんな美しいチョウがいるのか）

初心者の私にとってはまさに幻のチョウを見る思いだった。

昆虫少年としての私の歴史はもう少し遡る。父がチョウを追う趣味を持っていたので、幼年時代からついて歩いた。旧満州国の草原や東京郊外の低山でネット片手に走り回ったものだ。

やがて日米戦争が始まり、国民学校六年生の八月終戦を迎える。旧制最後の中学生となった私は、家庭の事情で、東京、松山、そして再び東京と三つの学校を渡り歩き、最後にたどり着いた麻布学園でYと出会ったのだ。

以来、私のチョウとのつき合いが本格化する。病みつきになった私は、三流コレクターの域を出なかったものの、七十代後半までチョウを追い、日本中を駆け巡った。

チョウで始まった高原や山歩きは、当然ながら私を自然の虜にした。四季を通じて山野を旅し、冬場はロッジにこもってスキーに興じる楽しさも知った。

こうした余暇の生活は家族とともに過ごす大切なひとときだった。年二回のボーナスをあてこんで、率先して休暇を取り、女房と娘たちともども出かけたものだ。おかげでファミリーはみな自然派で、伊豆びいきでもある。どうやらこの遺伝子は孫の世代まで引き継がれているらしい。年末年始は全員わが家に集い、正月を祝うのが慣例になっている。

五十代を迎えるころになると、誰しもリタイア後の人生をイメージし始めるものだが、私たちも同様であった。三年間過ごしたアメリカの地方都市リッチモンドの生活体験や旅すがら垣間見たヨーロッパ人の田園生活も、無言のうちに私たちの背中を押していた。

（リタイアしたら、自然の中に身を置いて、自由気ままに暮らしてみようか）

イメージは際限なく広がってゆく。世相などに追従せず、世事からもほどほどに距離を置き、心を通じた近隣の友人と交わりながら、ゆったりと暮らす。自然と戯れながら過ごす。動物たちとも友達になって過ごす。雑木に囲まれ、移り行く四季の彩りを愛でながら過ごす……。

かくして、私たちの土地探しが始まったのだ。

私の世代は、戦火の下で小学校時代を過ごした昭和ひとけた後半生まれ。終戦を旧制中学一、二年生か国民学校高学年で迎え、十年～十数年後、高度成長時代初期に社会人となった。以来、バブル経済がピークアウトする一九八〇年代末までの三十年間強、日本経済は順調に推移した。途中、オイルショックなどいくつかの中断はあったものの、日常生活はおおむね安定し、今日と比べれば貧富の差もさして目立たず、総じていえば、良き時代が推移した。

営業職にあった私は、その間、大半を東京や大阪などで勤務し、家族ともども都会人として生活した。だから、都会嫌いになったことはないし、もちろんアンチ都会派ではない。伊豆に移住後も八十代半ばまではときおり都心に出向いて、人混みの醸し出すあの一種独特の空気を吸いながら、それなりにエンジョイしてきた。都会では魅力ある人物に出会ったり、本物の文化・芸術に触れたりする機会が多い。向上心に燃える若者たちが都会を目指す気持ちは十分分かるし、老人にとっても都会の持つ利便性の高さには捨てがたいものがある。

それでも私は都会の雑踏から離れた自然豊かな、できれば山と海に囲まれた幸豊かな大地に身をゆだねたかった。

「山と海」と書いたが、これはちょっと後づけの願望である。元来山派だった私の土地探しは那須や八ヶ岳など内陸地方から始まったのだから。

けれど落ち着き先は海の幸に恵まれ、ほどほどの山並みが背後に迫る伊豆半島だった。ご縁あってとしか言いようのないこの巡り合わせ。かくして私たちのリタイア人生が始まったのだ。

「イトーピア」にたどり着く

土地探しを始めたころ、日本はバブル経済の最終段階にさしかかっており、国中の不動産価格が暴騰中だった。価格ばかりではない。好ましい土地には「完売御礼」の札が立ち、手ごろな物件がなかなか見つからなかった。

千葉県松戸市に住んでいた私たちは、関東・甲信一円を歩き回った。北は那須高原一帯や軽井沢周辺、東は房総半島全域、西は蓼科高原や八ヶ岳山麓にまで足を延ばした。南西に向かっては、御殿場から十里木高原、次第に南下して、裾野市周辺の別荘地、さらに伊豆半島東海岸に歩みを進めた。最南端は、伊東市を通り越して行き着いた碁石が浜だった。下田市の南郊外に位置するこのリゾート地もほとんどが契約済みだったし、残りの区画も土地業者への住宅発注が条件だったと記憶する。

この碁石が浜の地を紹介してくれたのが、伊豆高原駅前にあった伊豆急行リゾート営業部の係長Sさんだった。帰路、再び駅前の店に寄って顛末を話したところ、私の疲れた表情を見て同情したかのようにSさんが言った。

「実は、売り出し中のマンションに余裕があります。そのほかイトーピア別荘地の一角に、三つだけ売れ残った区画があります。御覧になりますか」

Sさんの車に先導されて、マンションの外観を眺めたあと、イトーピアB地区に向かい、売れ残っている一つの物件の前で車を降りた。

「この上の土地がその一つ。他に二つありますが、正直この土地がお勧めです。せっかくご案内したのですから、お決め願って頭金十万円を振り込んでいただければ、お売りします。上まで上がってみましょうか」

いきなりの話だ。ちょっと逡《しゅん》巡《じゅん》したものの私は言った。

「自分たちで上って、ゆっくり見せてもらいます。もし気に入れば後から電話を入れますのでよろしく」

「結構です。でもこの土地は明日にも売れてしまうかもしれません。この価格表に書かれた単価ではとても入手できない物件ですから。今すぐ転売しても、間違いなくこの価格表より坪三万円は高く売れます。そうそう、この上からは富士山が見えるはずです。ひょっとしたら、一《いっ》碧《ぺき》湖《こ》も見えるかもしれません」

Sさんと別れ、私たちは雑草の生い茂る急な傾斜地を上り、敷地の中央に立った。周囲一帯に何本ものコナラが茂り、溶岩らしい岩石がごろごろしている。別荘地というよりも、長らく手入れをせずに放置した雑木林そのものだ。雑然としているだけにかえって自然の趣があった。梢を通して初夏の青空が広がり、かなたになだらかな山並みが見えた。手を入れれば遠望のきく高台という印象である。東西南北は定かでないが、やや北斜面に造成されている区画のようだ。Sさんは「上は平坦になっていて、日照も十分です」と言っていたから信用するしかあるまい。全体の印象として、これまで見てきた多くの土地と比べれば、環境、展望、面積（三百坪）、価格、いずれをとっても群を抜いている。

残りものに福あり、私の脳がそう「直感」していた。

車に戻り、途中コンビニに立ち寄って、Sさんに明日十万円を振り込む旨の電話を入れた。一九八七年（昭和六十二）五月連休明けのことである。

そのとき伊豆急行と交わした契約書には、「管理契約は伊藤忠不動産株式会社と締結する」とあり、以来、すべてのつき合いは伊藤忠不動産となった。イトーピア別荘地はＡＢ二地区に分かれ、伊豆急行はＢ地区の販売だけを担当していたらしい。

いずれにしても、伊豆急行、特にSさんの気配りのおかげで、私たちは今、この地に住んでいる。他行の折、毎回利用するのも伊豆急電車だ。

そう考えると、伊豆急さんに足を向けては寝られない。ご縁とは摩訶《まか》不思議、まことにありがたいものである。

台地の上に家が建つ

縁あって手に入れた敷地だ。リタイア後住むつもりなら早めに家を建てて、地元にもなじんでおきたい。

ある日そんな想いを同期入社のKに話すと、驚いたようにKが言った。

「まだ五十代半ばだし、事情が変わることもあるだろう。終の住処を建てるなんてリタイア後でいいんじゃないか。おれの老後の生活設計は十年ぐらい先だと思うぜ」

Kはどちらかと言えば慎重派タイプ、一方、私はせっかちで思ったらすぐ実行したい方だ。

「仕事を辞めたら住みつくつもりだから、前もって現地の事情にも通じておきたい。スムーズにリタイア人生につなげたいと思うからね。それに現役時代だって、週末など息抜きの場として使えるし」

Kは、それから十数年後、奥方の両親の住まいだった兵庫県宝塚市の家に転居していった。「しばらく海外住まいという選択肢もある」とも言っていたが、家族を大切にする男だったから、奥方の希望を入れての転居だったに違いない。美食家だが酒の量は私の半分、ときおり銀座に出て一緒に飲んだものだ。「おれ、一病息災だから」と言って人一倍健康にも気を配っていた。だが、どうしたことか、持病が謀反を起こしてしまったのだろうか、七、八年前訃報が届いた。

思い切って建ててしまおう。地震や風雨に強くて長持ちすれば質素でいい。

住宅展示場に足を運んでいるうちに出会ったのが、ツーバイフォー工法を採用している三井ホームだった。垢ぬけした設計思想に加え、工法が耐震性に優れているという説明が私の心を捉えた。半年に及んだ打ち合わせが終わると、いよいよ着工である。

慣例による地鎮祭。一九八九年（平成元）七月二十六日、三井ホームの関係者、現地の施工業者、それに発注者の私が現地に集い、執り行われた。

土地を取得してから二年強がたっていた。

地鎮祭のほぼ二週間前、伊東市沖で有史以来という海底噴火が起こった。六月末から群発地震が続いていたが、七月九日マグニチュード五・五の揺れを観測。「伊東市内では負傷者二二名、家屋一部破損九二棟、道路被害二四ヶ所、港湾被害一一ヶ所の被害を被り、二〇〇〇戸が断水、三五〇〇戸が停電した。また、七月一三日一八時三三分ごろから伊東沖三㎞の海底から水蒸気爆発に伴って巨大な水柱が見られた」（『伊東市史　別編　伊東の自然と災害』、伊東市史編集委員会他編）。この噴火の結果海底火山が誕生し、後日手石海丘《ていしかいきゅう》と名づけられた。

水蒸気爆発の映像をテレビで見ながら、私はさらに三年前の大島の大噴火（一九八六年十一月）を思い出したものだ。三原山の頂から噴き出す火柱が夜空を焦がし、人々の苦悩とも驚きともとれる張りつめた表情が今もなお記憶に残る。

私の敷地はそれらの噴火現場と隣り合わせだ。手石海丘からは至近距離、大島からも三〇キロメートルほどである。

だが、自然現象をことさら心配したところで安易な解決策などない。「君のところ、地震大丈夫かい」とからかう友人もいたが、その類いの心配事は日本中どこにでもある。海岸沿いなら津波があるし、都会のような住宅密集地ならば火災の心配だって大きい。

実は、私の現在地には安心できる確実な証拠があった。奇岩怪石と言えばいささか大げさだが、大石小石がごろごろしている。伊東市など伊豆半島東半部一帯は、過去十五万年の間、多くの小噴火を繰り返し、その結果、溶岩台地が形成されてきた。十万年前、一碧湖や梅の木平丘など数か所の噴火が放った溶岩と、四千年前忽然として姿を現した大室山《おおむろやま》誕生時の溶岩が重なり合うようにして形成された台地だ。その一角に私が住む「イトーピア別荘地」がある。掘っても掘っても石ばかりの敷地だから庭仕事では今もって苦労しているが、それゆえ、少々の地震ではびくともしない強靱な台地を形成している。

その上、耐震性抜群と評されるツーバイフォー工法の家を建てたのだから、これ以上心配しても仕方がない。相手は自然現象だ。「来るなら来てみろ」と開き直って暮らしてこそ、心の安らぎがあるというものだ。

かくして、一九九〇年春、イトーピアB地区の一角の、ちょっとした高台の上にわが家が完成した。

一碧湖は周囲を丘陵地帯に囲まれた盆地型の地形であるため、日暮れとともに冷気が降り、一気に冷え込む。冬場の早朝、わが家の庭は霜柱で覆われ、温度計はマイナス二〜三度を指す日が多い。早朝車で出かけるときは、早めにエンジンをかけ凍りついた窓ガラスを溶かさねばならない。

春も一足遅れてやってくる。二月下旬、伊豆高原に住む宮内さんからフクジュソウ開花の便りが届いても、わが家のフクジュソウはまだ寝ぼけ眼で、花芽を探すのにも苦労する。街中に住むある友人は「昔から梅の木平や一碧湖周辺を伊東のチベットと呼んでましてね。人が住むには気候が厳しすぎるってことですよ」と言う。

でも、負け惜しみではないが、かすかな足音に耳をそばだてながら、まだかまだかと春の到来を待ちわびる心境も捨てがたいものだ。夏、無数の星たちが夜空を埋めつくし、秋、わが家の庭からかなたの山並みまで黄葉が連なる。「伊東のチベット」を生んだ元凶・一碧湖も海抜一八五メートルとは思えないメリハリの利いた四季を演じる。

湖畔を巡る遊歩道は私の愛する散歩道の一つなのだ。

Ⅱ　庭づくりに励む

1年を通して山野草が彩るロックガーデン

雑木を植える

分譲前、イトーピアはゴルフ場だった。

わが家は、一番ホールOBゾーンの一角、ちょっとした高台上に建っている。西下にフェアウエーを見下ろすような地形で、OBゾーンは雑木林、フェアウエーはクズやススキに占拠されていた。

雑木林の主役は樹齢二十年を超えるコナラたち。根元から数本の幹が立ち上がっており、過去にも炭焼き用として伐採された痕跡を残していた。コナラの合間を埋めるようにイヌツゲ、エゴノキ、ハコネウツギなどが点在し、ティーグランドに向けての傾斜地一帯にはヤマツツジの大きな群落があった。

南側と東側は平坦地。家を建てるに当たって適当に雑木を間引きし、岩石を再配置してもらったので、程よい中庭ができた。

北側はアクセス道路に向かってだらだらと下る傾斜地で、灌木とススキなど背丈のある雑草の天下だった。

西側の平坦地は掘り起こして石を取り除き、畑にした。

やっかいなのは北斜面だった。かなりの面積があるので、このままの姿で放置するのはもったいない。思い切って石を積もう。

さっそく、地元でも定評のある植木屋さんに発注したところ、このアイディアは大当たり。それまでの荒れた傾斜地が一気に生き返った。かなりの平坦地ができたし、積み上がった岩壁はまさにロックガーデンの風情だった。植木屋さんが石を積むときは、完成後の庭づくり考えて、石と石との間に植栽のためのスペースをつくってくれる。そこへ何を植え込むか、これが住人の頭の使いどころなのだが、私は大きなミスを犯した。

ツツジやサツキ、それもありきたりの園芸種を植え込んだのだ。四月中旬からゴールデンウイークにかけて見事に開花するものの、都会の公園で見るあの人工的な美しさの再現だった。

「すばらしいお庭ですねぇ」

通りかかった人に褒められまんざらでもなかった当時を思うと、少々恥ずかしい。

ツツジやサツキはだんだんと成長して積み石を覆い隠し、平凡な傾斜地に姿を変えていった。土留めだけならば、コンクリートブロックで十分なのだ。

そのころの私は、植物についてはまことに不勉強で、コナラとクヌギ、スギとヒノキの見分け方すら知らなかった。ましてや庭づくりのコンセプトなど持ち合わせているはずもなかったのだ。だが、起伏に富んだ地形に手を加えれば、野趣に富む庭づくりができそうだという直感はあった。自然豊かな庭づくりにしたいという志も高かった。

その志のためでもあろう。家が完成して以来植え続けてきた樹種は、どちらかといえば雑木の類いが中心であった。ヤマボウシ、ナツツバキ、ヒメシャラ、コブシ、ガマズミなどなど。後日、野菜畑にしていた西側の平坦地を雑木林に衣替えするときも、ソヨゴ、アイダモ、イロハモミジなどを選んだ。

伊豆半島から富士山山麓にかけて広く分布するマメザクラ（フジザクラ）、アセビ、ヤマモモなども植えているが、おおむね他の雑木と調和しているし、山中の風情を想い浮かべて取り入れたヤマブキも程よいアクセントになっている。

早春に咲く花木もほしい。サンシュユ、レンギョウ、ヒュウガミズキなどを植え込んだところ、いずれも一番乗りで花をつけ、春を告げる。

自生していたハコネウツギは成長が早く周囲と張り合うので、ときおりハサミを入れるが、こちらも一足遅れて芽吹き、やや大型で和やかな花をつける。アオキやヤツデは当地でも通常種、地味ではあるがわき役としては欠かせないと思いできるだけ残した。

そしてある日、茂り過ぎた北斜面のツツジやサツキの群落を見ながら、気がついた。この陰に立派な積み石があったはずだと。

（ロックガーデンの風情が台無しではないか。何としてもやり直そう）

私は老骨に鞭打って抵抗する園芸種を根こそぎ掘り起こし、植え替えを進めた。まず、自然種に近いヤマツツジ、ミツバツツジ、アシタカツツジ、サラサドウダンなどをところどころに植えた。樹間から背後の積み石が垣間見えるように間隔をあけ、みだりに剪定せずに自然の姿のまま育てることにした。下草も工夫をこらし、山野草を植え込んだ。

後手にまわった庭作業は他にもある。本稿執筆中、コナラの大掛かりな剪定が進行中なのだ。わが家が完成した三十年前、すでに二十年を超える成木に育っていたコナラたちだ。炭焼き用ならばそのころ切り出し、今ごろは次の伐採時期にさしかかっていたに違いない。中でもわが家のシンボルツリー・三本立てのコナラは一本一本が幹回り一五〇センチ近くもある。とうに六十年を超える年月を生き抜いてきただろう。これら巨木たちは、台風の直撃を受ければ危険な存在になってきたし、木陰を作り過ぎて周囲の灌木や山野草が日照不足を訴えている。

仕事を快く引き受けてくれた椙本園芸の椙本さんは油の乗り切った五十歳。するすると木のてっぺん近くまで登って枝を切り落とす技はまさに名人芸だ。おかげで、庭中が明るくなり、特に、ヤマツツジたちはその恩恵を受けるから、いずれ恩返しをしてくれるだろう。自然の樹形を犠牲にさせたコナラたちにはつらい思いをさせるが、当分我慢してもらおう。

自然とのつき合いはなかなかむずかしい。うまくいったり、やり直したりの連続である。

四季を告げる雑木たち

広辞苑で「雑木」の項をひいてみると「良材とならない種々雑多の樹木。薪材などにする木」と書いてある。雑木林といえば、少なくとも関東地方から静岡県にかけての一帯では、誰もがクヌギやコナラを連想するに違いないが、いずれも建築材のイメージからは程遠いし、多産するドングリも食卓には載せがたいし、特段美しい花を咲かせるわけでもない。「雑多の樹木」と言われてみれば、その通りだろう。でも次のような一文に接すると、言語学者の定義から解放されて、雑木を愛でる心が戻ってくる。

雑木と呼ばれる樹木は、もともと里山で生えていたもの。
今は、庭を彩る主役として活躍しています。
春は、みずみずしい若葉がさわやかな風を送り
夏には、照りつける太陽から守ってくれる緑陰を作り
秋には、葉が赤やオレンジ、黄色などに色づき
冬は冬で、葉に隠れていた美しい樹形が姿をあらわします。

庭に雑木を植えることは、
四季折々の樹木の美しさに魅了されるとともに
私たちに遠い里山の記憶を呼び戻させることにもなります。
だからこそ、雑木の庭は私たちに感動を与えてくれるのです。
（『雑木ガーデンの作り方』学研パブリッシング）

里山、響きのいい言葉だ。古来日本人はその里山に住み、自然の恵みを受けながら生きてきた。四季折々、人々に食材や燃料を供し、憩いを届け、生活のリズムを先導してきた。雑木は人々とともに里山の主役だった。わが家の庭でも雑木が真っ先に四季を告げる。一番バッターはアセビだ。二月中旬頭上いっぱいにピンクの小さな花をつけ、三月の便りが届き始めるころ、サンシュユやレンギョウが一斉に黄色の繊細な花を結ぶ。「いつまでも寒がっていてはダメですよ。さあ、外に出ましょう」と言っているのだ。

四月のある日、書斎の窓を開けたとたん、昨日までとは打って変わった景色が眼に飛びこんでくる。風景全体が、やや黄みがかった、温かみを包み込んだ色彩に変身しているではないか。数キロ先まで見渡す限り続く色彩豊かなこの眺望。群生するコナラやクヌギが一斉に目を覚まし、「春ですよ」と呼びかけ始めたのだ。

五月、エゴノキが満開になり、出番を迎える。続いて、ヒメシャラが目を覚ます。アクセス道路に面した入口脇に控えるわが家一番のヒメシャラが、客人をもてなそうと花をつけ、足下に白い絨毯を敷きつめてゆく。絨毯に気づいた客人が思わず空を仰ぐと、枝先いっぱいに咲き誇る可憐な花たちが微笑みかける。このヒメシャラ、プロの植木屋さんも絶賛する見事な樹形で、私も知人が来るたびに、「見てよ。格好いい樹だろう」と言って自慢している。

夏、雑木たちは思う存分葉を広げ、「照りつける太陽から守ってくれる緑陰」づくりに精を出す。夏の暑さに敏感な山野草たちも大助かりだ。山野草をどこに植えようかと思案するうちに、私自身も夏場の太陽の軌道とわが家の雑木たちの位置関係、つまり一日を通して緑陰がどう動くかについて、すっかり敏感になった。

秋は挨拶もなく、静かにやってくる。かつて古代の歌人が詠んだように、耳元でささやく風の音にふと秋を感ずることもあれば、木の葉のわずかな黄変を見てわが人生と重ねることもある。気がつけば秋なのだ。

紅葉一番乗りは九月半ばのマメザクラだが、控え目な変身だし見逃すことが多い。ドウダンツツジやブルーベリーの紅葉も見事だが、わが家の庭の紅（黄）葉を主導するのは、やはりコナラをはじめとする雑木たちだ。

十一月下旬、冷え込み厳しいある朝、書斎から眺める風景が一変しているのに驚かされる。

春の訪れと同様、一夜にして起こるこうした見事な変身は、少なくとも伊東市の住宅地に限って言えば、一碧湖《いっぺきこ》周辺が随一ではないか。海抜こそ二〇〇メートルだが、盆地型地形特有の冷気がこのダイナミックな偉業を生み出しているに違いあるまい。

明け方、早朝散歩は今年の最後かもしれぬと思いながら、一枚重ね着をして外に出る。林間に踏み入ると、落ち葉たちが、カサコソ、カサコソ、「お歳にしてはお元気ですねえ」と話しかけてくる。足裏から伝わるソフトな感触も捨てがたいものだ。

十二月、いよいよ冬の到来である。師走特有の木枯らしが吹くたびに、雑木たちも惜しげなく枯れ葉を手放し、「葉に隠れていた美しい樹形」を現し始める。当たり前の自然現象ゆえに、一見《いちげん》の訪問者には静的な一風景としてしか伝わるまい。四季を通じて樹木たちと生活を共にしている者にして初めて、そこに自然のダイナミズムを実感することができるのだ。

そして年が明ける。

わが家にとっては試練の時だ。草花たちは早々に地上から消え、早朝庭中に霜柱が立ち、ときおり雪が舞い、裸になった雑木たちもじっとこらえて春を待つ。

日一日と夜明け時間が早まるのに気づくころ、二月の便りが届き、私の心の内で春が蠢《うごめ》き始める。「寒さにかまけず春の支度を始めねば……」と。

雑木たちにも心と言葉があるとすれば、一足先にそう思っていたのではないか。私に向かって「さあ、間に合うように春の支度を始めましょう」と呼びかけて、私の心がそれに呼応したのかもしれない。

私の季節感など雑木の足元にも及ばないのだから。

ツツジとシャクナゲの品種を知る

わが家の灌木類ではツツジが筆頭格だ。

なかでもヤマツツジは他の雑木たちとともに私たちが移住する前から自生しており、自生株だけで五十株ほど、後から植え込んだものを加えると優に六十株を超える大群落だ。

ヤマツツジは北海道南部から九州まで日本中の低山地や草原などに広く分布しており、日本人なら誰でもが知る野生ツツジの代表格である。土地を手に入れたとき幼木だったせいもあって、私はこのヤマツツジの群落に気づいてもいなかった。今思えば思わぬ余禄つきの土地を手に入れたわけだ。

当時私は、このありがたい「余禄」をどう育てたらよいのか、全くと言っていいほど知識がなく、しばらくの間、園芸種並みに剪定のハサミを入れ続けた。

転機は、ある年の初夏、ヤマツツジの名所として名高い南伊豆町・長者ヶ原へ出かけたときに訪れた。一万株を超えるヤマツツジが天に向かって伸びやかに枝を張り、枝先に散りばめた紅紫色の花たちが紺碧の空を埋めつくしていた。この時の印象はまことに強烈で、自然とのつき合い方を改めて考え直すきっかけとなった。

それからほぼ十年、ハサミから解放されたわが家のヤマツツジたちはすくすくと育ち、今、幸せな日々を送っている。伊豆半島では、園芸種よりやや遅れて、四月下旬より咲き始め、五月連休明けごろ最盛期を迎える。

ツツジの主な原産地は東洋である。それゆえ、日本や中国では古代から多くの人々に親しまれ、文献上にもしばしば登場してきた。日本では、万葉集にツツジの名が詠い込まれたし、江戸時代に入り平和な環境が整うとツツジの培養が盛んになった。十七世紀後半には大流行時代が到来、江戸の民は競って好みの品種を求めたという。当時の園芸書には百五十種近いツツジが記載され、人々の興味を誘った。

こうした長い歴史を考えると、今日、街中で入手できるツツジの大半が交配を重ねた園芸種になってしまうのは、致し方ないことだ。

当地に住み始めたころ、私がもっぱら植え込んだのも広く市販されている園芸種だった。樹冠を花が埋めつくすクルメツツジ系か、大輪の鮮やかな花をつけるヒラドツツジ系が主で、人目を引くには十二分なほど豪華だし、少々手抜きをしても丈夫に育ってくれる優れものだった。

それでもこの数年、ヤマツツジの自由奔放な美しさや、雑木林の落ち着いた雰囲気に心を寄せるにつれ、野性系の樹種を優先するようになってきた。園芸種は確かに豪華だし美しいが、奥ゆかしさとなるとどうだろう。雑木林との相性を考えると、ツツジだけが豪華すぎても釣り合いが取れない。

わが家の庭で育ついくつかの野性種ないしそれに近い樹種を拾ってみよう。

春一番に開花するのは、伊東市・矢筈山《やはずやま》産のヒカゲツツジだ。ソメイヨシノの開花に先立って、三月下旬から四月早々、クリーム色の優しげな花をつける。日陰に多く自生することからこの名がついたと聞くが、ほどほどの西日を浴びながら元気に育っている。春先の低山歩きの折しばしば出会うミツバツツジも早咲きだ。わが家では場所を変えて数本を育てているが、ほとんどの雑木たちがまだ寝ぼけ眼でいるころ、ひと足先に開花する。

ヒカゲツツジもミツバツツジも楚々として咲き、雑木たちとも見事に調和している。春の到来を告げる使者らしく、主に向かって「ぼつぼつ外に出て山野歩きをしませんか」と呼びかけてくる。

南九州から沖縄にかけて自生するサクラツツジや南紀・四国・九州が自生地のオンツツジは一足遅れて目を覚まし、目鼻立ちのはっきりした花を咲かせる。伊豆の雑木たちとは一味違う個性派だが、特に違和感もなく共存している。南国生まれのサクラツツジはいささか気まぐれで気を使うが、オンツツジは生気にあふれ、気がつくと周囲に子孫を芽生えさせるなど抜け目がない。

クロフネツツジは朝鮮半島原産の外来種だが、移入されてから三百年以上がたっており、今では日本の風土にすっかりなじんでいる。大型の花は端麗にして控え目な色彩だから、どこに植えても違和感がない。だが、日照には敏感で、気の抜けない樹種だ。

アシタカツツジはちょっと変わり者。愛鷹山系に自生するゆえ、この名前がつけられた。一味違った紅紫色の花が人目を引きつける。

ツツジに関心を持ち始めてから、散歩道の庭先で咲くツツジでも、ちょっとした低山歩きで出会ったツツジでも、「はてこれは何という種類だろうか」と気にかかるようになってきた。

遅ればせながら、シャクナゲも幅を利かせ始めた。

シャクナゲは植物学の分類ではツツジの近縁種だが、園芸の世界では、特に日本の場合、別種として扱われることがほとんどである。ツツジと一線を画するように、大型で豪華な花をつける。日ごろ住宅地や公園で見かけるシャクナゲは、ヨーロッパ生まればかりだ。改良を重ねたこれら園芸種の花たちは、どうみてもツツジの仲間とは思えない豪華さである。

十九世紀中葉、ヨーロッパ諸国は世界各地にプラントハンターを派遣し、競って有用植物を祖国に持ち帰らせた。その中には多くの観賞用植物も含まれていたが、シャクナゲもその一つ。

観賞価値の高い野生種が中国やヒマラヤから西洋にもたらされた。特に夏涼しく冬が比較的温暖なイギリスでは、気候がシャクナゲの栽培に適していたため盛んに交配育種が行われ、現在の園芸品種の礎が築かれた。世界のシャクナゲの原産種はおおよそ三百種といわれるが、交配によってこれまでに五千種を超す園芸品種がつくられてきた。日本でも、洋シャク（西洋シャクナゲ）と呼ばれ、園芸店でも大いに幅を利かせている。

わが家でも、最近まで、日本産はアマギシャクナゲ一株、あとは数株の西洋シャクナゲとタイワンシャクナゲだった。

タイワンシャクナゲは、二十年ほど前に五百円で買った小さな株が今や堂々とした大株に成長し、毎年四月中旬真っ先に開花する。伊豆の風土が気に入ったのか、樹冠全体を覆うように純白に近い花をつける。

アマギシャクナゲは二十五年前に植えつけたものだが、一〇〇〇メートルを超える天城山中に自生しているシャクナゲだから、平地で育てるのはむずかしいとも聞いていた。やってみるだけやってみようと思って植えたものだ。そのシャクナゲが今や背丈も二メートルを超えるまでに育ち、毎年見事な薄紅色の花を咲かせる。たまたま植えた場所が最適だったためだろう。コナラの梢越しに木漏れ日が注ぎ、わが家の庭では比較的湿潤な一角である。

シャクナゲに関心を持ち始めると、日本固有の自生種がアマギシャクナゲ一種では何とも寂しい。最近になって、そうした思いからホソバシャクナゲ、アズマシャクナゲ、ヤクシマシャクナゲを植え込んだ。

ホソバシャクナゲは別名エンシュウ（遠州）シャクナゲとも呼ばれ、静岡県の天竜川以西から愛知県東部の山中に自生する。日本産では最も標高の低い場所で育ち、育成も比較的容易だと聞く。名前の通り、日本シャクナゲの中では葉が細めで、一目瞭然だ。

アズマシャクナゲとのつき合いは古い。二十年以上前、浅間山北山麓の鬼押出し園に群生する美しさに魅了され、麓の農家に頼んで一株譲ってもらったのが始まりだ。数年後立ち枯れさせてしまった悔いが尾を引いていて、近年になってわざわざ現地に赴き、新たに一株買い求めた。

ヤクシマシャクナゲは屋久島の山中に自生する固有種。現地に赴くわけにもいかず、ホソバシャクナゲと一緒に地元で求めた。

シャクナゲとの出会いでは、貴重な思い出がある。六十年ほど前の七月下旬、鳥海山に登ったときだ。投宿した山小屋から頂上一帯にかけて群生するシャクナゲの群落が満開期を迎えて見事な花をつけていた。夕食前のひととき、私はしばし山中を散策したが、日本海の彼方に沈みゆく太陽にシャクナゲたちが呼応して山全体が次第にピンク一色に染まっていった。太陽とシャクナゲが共演するこの大舞台に身を置いた至福のひとときを、今も鮮明に思い出す。主役のシャクナゲは、おそらく、ハクサンシャクナゲであったろう。日本各地の亜高山帯に広く分布する樹種だから、海抜二二三六メートルの鳥海山は打ってつけの生息地だったのだ。ツツジと比較すると、日本オリジナルなシャクナゲは十種に満たず、絶滅危惧種に指定されているものもある。私の収集癖もこのあたりが限界かもしれない。

先達から学んだガーデニング

草花についても、私はほとんど知識ゼロから出発した。

当初買い込んだのはほとんどが園芸種。心の赴くままに植え込んだ苗はすくすくと育ち、私の期待に応えて庭全体を見事に彩った。

でも、違和感があった。私が求めていたものとどこかが違う。雑木たちとの調和も今一つだし、華美が過ぎて奥ゆかしさに欠ける。「自然」ではないのだ。

（山野草中心の庭にするか）

ありがたいことに、私の周囲には多くの専門家や先達がいた。地元の植木屋さんや山野草店のご主人、そして何十年か前に都会から移り住んだ人たちだ。

先達の一人、伊豆高原に住む宮内さんがあるとき私の背中を押した。宮内さんはチョウのプロだが、植物についても半プロ、以前からわが家の庭を見ては、

「（園芸種を指して）これ、ちょっと場違いですよ。もったいない。地形がいいし、自然の山野草を植え込んだらどうですか」

「お宅は傾斜地だし、程よい溶岩もごろごろしているし、ロックガーデンつくったらどう。石を積んで、肥沃過ぎない、どちらかというと過酷な自然環境に似た土壌にする。鹿沼土とか日向土とか、富士砂なんかも黒ずんでいて趣があるからちょっと足すといいですよ」

などなど、たくさんのアドバイスをいただき続けた。

宮内家を訪ねた折には、「菅さん、これ持ってってって」と言って、庭先から抜きとった苗を手渡してくれた。アサギリソウ、テカリダケキリンソウ、イカリソウなど、今では株も増え、わが家の庭でも幅を利かせているが、元をただせば、宮内さんから頂戴したものだ。

山野草専門店のご主人たちの助言や厚意も大変ありがたかった。わが家周辺にはそうした専門店がいくつかあるが、その一つ「富岳園」はご主人がエビネのプロらしい。何万円もする玄人好みのエビネが所狭しと並んでいるが、私が買うのは千円前後の山野草の苗だ。

もう一軒の「静豊園」にもときどき足を運ぶ。数年前ご主人を見送った後も、奥さん独りで三百坪の庭いっぱいに山野草の鉢を並べて、暮らしている。商売など超越して、趣味の世界に飄々《ひょうひょう》として生きている姿を見ていると、「この人は幸せだなあ」と思う。

「こんなに増えちゃってねえ。わたし一人ではあの世に持っていけないし。これ、あげるから、持ってって」

などと言いながら、山野草の鉢を下さることもある。お礼に拙著を届けたところ、お返しがまた増えた。

もう一つ、私が山野草に目を向け始めた背景には旅がある。特に車に乗って自由気ままに移動する旅は、その土地で育った草木を入手するまたとないチャンス。地方の一般道路を走行中、山野草の看板が目に入ることもあるし、道の駅が「山野草コーナー」を設けていることもある。育て方など教わりながら一鉢一鉢吟味して買い込むのだが、心も弾むひとときだ。

山野を走行中、自生する草花に出会うこともしばしばだ。自然破壊にならぬよう気をつけることにしているが、少しばかり頂戴したこともあった。最近の北海道の旅では、チョウの姿を追って林道から脇道に入ると、足の踏み場もないほどのクリンソウの群落に出会った。数株持ち帰り、伊豆半島で生存し続けてくれることを祈りつつ庭先に植え込んだ。その旅では、道路端に群生するエゾフウロも数株頂戴した。

それにしても、山野草は奥が深い。

先達や専門店の助言はまことに貴重だが、私にとって最大の「教師」は自然かもしれない。伊豆住まいとなって、改めてその偉大さに気づいた。自然は移住者を心優しく迎え入れてくれるのだが、「自然の理」に適《かな》わぬ行いに対しては手厳しいのだ。無言のまま「ノー」を突きつける。書物をひも解いてみても、万全な答えを得られないことが多い。失敗を繰り返しながら一歩一歩試みるうちに、ときおり耳元でかすかにささやく声がする。風に乗って、陽の光に送られて、自然の声が。

「そう、それが正解ですよ」と。

一年を彩り続ける山野草

わが家は冬場になると日暮れとともに冷気が降り、結構冷え込むのだ。植物たちはこの時期じっと寒さに耐えて春の到来を待ち続ける。

二月も後半になると、霜柱の間からフキノトウが頭をもたげ、クリスマスローズやスイセンも先陣争いに加わって、可憐な花をつけ始める。

だが、「春が来た」という実感が湧くまでにはもう少し時間が必要だ。

そう、早春の代表格・フクジュソウが永い眠りから目覚めなければ春の実感が湧かないのだ。伊豆高原に住む宮内さんから開花の第一報が届くのは二月中下旬。遅れること十日ほど、三月の声を聞くころになって、わが家のフクジュソウもようやく目を覚ます。いきなり花芽が顔を出し、早春の陽を浴びてパッと開花する。

続いて、バイモユリが立ち上がり、遅れまいとタンチョウソウの花芽が地上に現れ、ヤマツツジの群落の陰に隠れて自生しているシュンランも、遠慮がちに花芽を膨らます。

三月下旬から四月上旬、冬の間地上から姿を消していた植物たちがぽつりぽつりと姿を見せ始める。ギボウシ、スズラン、オダマキなどなど。オダマキが先行して開花し、スズランが中旬以降その後を追う。

地上に痕跡を残していたエビネも新芽をもたげ、気がつくと可憐な花をつけている。ショウジョウバカマは重厚な葉っぱを地上に残して越冬するが、数年たってようやく一株だけが花を結んだ。ヤブレガサはひょうきんものだ。芽出しの姿が名前の通り破れた傘そっくりで、庭のあちこちに自生している。

グランドカバー植物にはしぶとい種類が多い。最近までシバザクラやスパニッシュデージーが幅を利かせていたが、野生種を増やそうとあれこれ試みている。伊吹山生まれのイブキジャコウソウもその一つ。当初、半日陰の場所に植えたときは気に入らぬふりをしていたが、西日を受ける傾斜地に株分けしてみると、一気に元気づいた。イワギクなども適地を得ると、地を這うように匍匐《ほふく》前進しながら、繁殖域を広げるのに余念がない。ヘビイチゴなどイチゴの類も捨てがたい味わいがある。出処進退をわきまえて決して出しゃばらないが、それでいてなかなかの負けん気者だ。最近になってタツナミソウを植え込んだが、西日にも強く仲間を増やしてくれそうだ。

庭中に広がったシャガが開花するのもこのころだ。家を建てて間もなくお隣さんからもらった数株が、長い地下茎を延ばして仲間を増やし続けた。茎の先端に咲く小ぶりの花は白地に青とオレンジ色の斑点をちりばめる。食卓の一輪挿しを見ながら、ふと箸が止まってしまうほど美しい。

ゴールデンウイークを迎えるころになると、忙しさも頂点に達する。前年の失敗が結果となって目の前に突き付けられる時期だ。宿根草《しゅっこんそう》（多年草）が冬眠から覚めなければ、一〇〇パーセント植え主の責任なのだ。一から出直し。こうして私は、ダイモンジソウやユキワリソウやセッコクを何回も植え替えたり、買い足したりした。これまでに満足できる結果を得たのはダイモンジソウぐらい、セッコクがそれに続いて何とか子孫を増やし始めている。

忙しく走り回るうちに、梅雨の季節がやってくる。梅雨に先立って開花期を迎えるキリンソウやウツボグサの花は結構長持ちするし、アスチルベの仲間も梅雨入り前後に開花して、六月のわが家の庭を彩ってくれる。

ギボウシの開花時期は幅が広い。六月中に花芽を伸ばし開花する種類もあれば、梅雨明け以降もずっと咲き続けたり、八月に入ってから開花するものもある。この仲間はおおむね半日陰でも、西日を浴びてもよく花をつけるから、わがガーデンへの貢献度は抜群である。

夏の花といえば、まずユリをあげねばなるまい。わが家の庭ではコオニユリが一番乗り。続いて七月に入ると、庭いっぱいに甘く濃厚な香りを放ちながら、「ユリの王様」ヤマユリが登場する。だが、この王様には大の天敵がいる。十年ほど前だったか、庭先で咲き誇る大きな株が、あっという間にイノシシの胃袋に収まって以来、私は庭中から王様一族を追放したのだが、その後不思議なことが起こった。子孫を増やそうとあちこちで芽吹いていたが、次第に積み上げた岩と岩とのわずかな隙間に居所を求めるようになったのだ。ここならばイノシシも近寄れまいと判断したらしい。

八月は花の切れ時だ。それでも、遅咲きのギボウシやキキョウ、ミソハギなどが花をつけ、庭のあちこちにアサマフウロやエゾフウロが可憐なピンクの花をちりばめている。フウロの多くは、山野に自生する株を持ち帰ったものだが、九月まで咲き続けるので、貴重な存在だ。

九月の声を聞くころ、シュウカイドウが仲間入りし始め、続いてヤクシマハギやホトトギスがしとやかな花をつけ始める。

朝夕の冷気に気づくころ、思わぬところでひょっこりと首を伸ばして開花した真紅の花が微笑んでいる。ヒガンバナだ。山野草に凝り始めた当初、主の手で片隅に追いやられたが、考えてみればこれも立派な山野草なのだ。

秋たけなわといえば、当地では十月中旬から十一月いっぱい。夏の疲れを癒していた植物たちが、南に向かって去りゆく太陽を追うようにして花をつける。ホトトギスが庭中あちこちに株を増やし、ようやく居場所を得たダイモンジソウが紅や白の花をつけ、岩陰からこちらをのぞき見している。地を這うようにして広がるイワギクが純白の花をつけ、外来種のポリゴラムも前後して開花する。リンドウはわが家の庭になじまず、ちょっと不機嫌な顔つきでわずかに瞼を開いている。

十一月下旬、イトーピア全体が黄葉に包み込まれるころ、最後まで庭中を彩り続けるのがツワブキだ。光沢のある丸葉の間からぐっと首をもたげて大型の花を開き、十一月いっぱい庭中を彩り続ける働き者だ。自生するキクの仲間たちも顔負けで、ツワブキの陰に身を置いて、静かに冬の到来を待っている。

十二月、すべての草木が眠りにつき始め私を解放してくれるころ、ベルが鳴る。玄関を開けると来年用の年賀状の束を持った郵便局のMさんがにこやかな笑顔で立っていた。

ウッドデッキとたき火場

庭づくりにはもう一つ大切な仕事がある。庭の中に人間のスペースをどう配置するかという作業だ。

アウトドア生活が本格化してくると、鍬やスコップ、肥料や用土、日曜大工用の工具類、アウトドア用品などがどんどん増える。十七年前、現役生活を終えて伊東に移り住んでみると、こうした課題が山のように待っていた。

まず、手狭になったスチール製物置を撤去し、ひと回り大きい木造小屋を建て、収納スペースを大幅に増やした。この英国生まれの小屋はなかなかの優れもの。キッドを買って組み立てるものだが、大きすぎて手に負えず、大工さんに土台造りから組み立てまでお願いした。

家族が団らんする居間と庭をどうつなげるか。家を建てるときには考えが及ばす、等閑《なおざり》のままになっていたが、居間とつなげてウッドデッキを設えた。少し斜面にかかった地形ゆえ、この仕事もプロの手にゆだねた。仕上がったウッドデッキは二〇平方メートルほど、十数人がテーブルを囲んで団らんできる十分な広さだった。高木に育ったコナラが宙を覆い、程よい木漏れ日がテーブル上に降り注ぐ。一人ぼっちで過ごす憩いの場所としてもときおり利用する。

南側の中庭の一角にたき火用の炉を掘った。八〜十人ぐらいで囲めるように円形に掘り起こして石を敷きつめ、周囲を程よい大きさの石で囲った。薪の手当てもひと仕事、近所で新築工事が始まると、伐採されたコナラやクヌギを譲ってもらい、庭の片すみに積み上げた。

パンやピザを焼くための石窯もほしかった。いろいろと資料を集めたものの、これだけは寸前で踏みとどまった。窯の構築には相当の技術が必要だし、利用頻度のわりには費用もかかる。

ウッドデッキに集う伊豆昆虫談話会の仲間たち

幸い、近所にも石窯への夢を語る友人がいるので、完成したらときおり使わせてもらおうと、密かに期待している。

面白いもので、私ごとき凡人は自分の「今」の尺度で事を進めがちだ。

七十代いっぱいは体力気力ともかなりしっかりしているから、何でも試みようとする。野菜を育てたり果樹を植えたりしたのは収穫を期待してのことだったし、ウッドデッキやたき火場をつくったのは、友人や家族と集い、飲んだりおしゃべりしたりする場がほしかったからだ。

八十代に入り、だんだん活力が衰えてくると、野菜や果物の収穫もいいが、庭の草木に求めるものは次第に「物」から心の「癒し」へと移ってゆく。

デッキや炉についても使い方が変わってきた。

昼下がり、デッキのチェアーに寝そべって新聞を読む。耳元から風の音が遠ざかり、睡魔がささやき始める。世俗の騒がしさが去って静寂がやってくる。

炉端に座ってじっと炎を見続ける。ゆらゆらと揺れながら宙に向かって旅立つ炎は私に向かって何かを語りかけているようだ。炎に妖艶の姿を重ねたのは六十代までだったか。今では、生命が燃え尽くす一瞬と重ね合わせて、わが身を思ったりする。

庭先ではゆっくりと時が流れる。

ブルーベリーとシイタケ栽培

今でもつくり続けている自家製の食べ物がある。果実酒にジャム、それにシイタケ栽培だ。最初に手掛けたのは果実酒。ウメ酒、ヤマモモ酒、キンカン酒、ブルーベリー酒などなど。いずれもわが家の庭で採れた果実からの仕込みで、市販のリッカー酒に漬け込むだけだから失敗も少ない。在庫がたまりすぎて、この一、二年仕込みを控えているが、自家製の味を知れば、市販品を買う気など起きるはずもない。贅沢に材料を使うから、味わいといい香りといいまことに濃密で、絶品である。

ジャムづくりもおおむね軌道に乗っている。成否を左右するのはほどほどに実を結ぶ果樹の育成と秘伝のレシピだ。

住まいが完成した直後は、ご多分に漏れず手あたり次第果樹を植え込んだ。ウメ、カキ、甘夏ミカン、本ユズ、キンカン、ブルーベリーなどなど。だがそのほとんどが失敗に終わり、だんだんと姿を消していった。雑木を育てるのと違って、果樹は格段にむずかしい。太陽の恵みや豊饒《ほうじょう》な土壌など条件はさまざまだが、しっかりと実《み》を結ばなければ落第である。

結局、落第組は主の手によって追放の憂き目に遭い、今日生存しているのは、ブルーベリー六株と白梅一株、それに果樹といえるかどうか分からぬがヤマモモの雌株一つとなってしまった。

ブルーベリーは毎年四〜五キロほど収穫する。すべてジャムに仕上げるのだが、ご近所やファミリーに配る程度ならこれで十分すぎる量だ。当初、小さい苗木数株を植え込んで以来、試行錯誤を繰り返しながらも、収穫を増やしてきた。イノシシに根こそぎひっくり返されたり、収穫時期たわわに実った実を小鳥たちに失敬されたこともあるが、大事に至らず今日に至っている。

旧友との一杯会で、ブルーベリージャムの自慢話をしたとき、淡路島出身のSさんが言った。

「毎年、見事なブルーベリーを送ってくれる島の知人がいましてね。ジャムなどつくらず是非生食で味わってほしいと書き添えてあった。菅さんには悪いんだけど」

その通りだ。一級品のブルーベリーは、そのまま口に含むと酸味と甘味が程よくバランスしている上に、独特の味わいがあって、すばらしい。野性でも所を得れば実にうまい。かつてカナダのガスペ半島を車で周遊したとき、セントローレンス川沿いの寒村で先住民から買った野生のブルーベリーは大粒だし味も抜群だった。カナダの豊かな原野が育てた天の賜物だったに違いない。

ジャムにするには二級品で十分だ。惜しげがないし、酸味が強く、かえっておいしいジャムができる。

甘夏ミカンからつくるわが家のマーマレードも超一級品だと自負している。残念ながらわが家の樹は、日照不足のせいか成績不良で取り去ってしまい、以来ご近所から分けてもらってつくっている。ブルーベリーと違ってジャムづくりに大変手間がかかるが、もっぱら女房が挑戦している。圧力釜を使って簡易に仕上げる方法もあるらしいが、女房は某女史から授かった秘伝にこだわり続け、厄介な手作業をへて、仕上げる。私のようなせっかち男の出る幕はない。秘伝だから詳細は明かさぬが、程よい酸味と香り、それに甘夏ミカン特有のほのかな苦味というか味わいが加わって一級品に仕上がる。ファミリー間では、ブルーベリーを超える人気ジャムだ。日照に優れた庭の一角を選んで再度苗木を植えようかと、目下思案中である。

ご近所でもあれこれ創作ジャムづくりに挑戦する人がいる。過日、お隣の斎藤マリアさんからはカリン&イチジクジャムが、近所の金井紀子さんからはキウイジャムが届いた。いずれも個性豊かな仕上がりで、おいしく頂戴した。

シイタケの栽培は榾木《ほだぎ》の調達から始まる。わが家の周辺ではほとんどがコナラかクヌギの原木を使う。当初は近所の建築現場から譲り受けたりもしたが、今では数年ごとに剪定するわが家のコナラの幹や枝で十分、おつりが来るほどになった。市販品やキノコづくりの解説本では直径一〇センチ×長さ一メートルほどの原木を標準にしているが、わが家産は径も長さもさまざま。中には直径三〇センチ近いものもあり、その分短く玉切り（栽培しやすい長さに切ること）しなければ持ち運びができない。

冬場の休眠中に剪定した原木は、植木屋さんが程よい長さに玉切りしてくれるから、春先シイタケ菌を植え込んで、活着するまで養生したあと、直射日光のあたらぬ場所に伏せ込む。作業手順は人まねや本の知識で身に付けたが、今では素人なりにコツを覚えた。植菌してから一年半もたてば、初々しいシイタケが生え始める。収穫期は晩秋から初冬、当地では厳寒期には途絶えるが、二月の声を耳にするころになると再びシイタケ坊やが誕生する。冬場のシイタケは肉厚で実がしまっていて一年中で一番味がいい。近所のスーパーの店頭に並ぶのはほとんどがおがくずなどで育てる菌床栽培品である。温度や湿度を管理し、そのために空調施設まで備えたいわば工場生産だから品質管理は十分だろうが、自然派にはどうしても違和感が残る。その点、わが家の原木栽培は季節感にあふれ、味や食感も満点に近い。

干柿づくりも手間はかかるが、市販の高価なあんぽ柿よりずっとおいしい。原料は裾野市に住む友人からもらうか購入する。完全な自家製ではないから多くは書かないが、手間暇かけるだけの価値はある。三月、集団疎開先の旧依田村（現在、長野県上田市郊外）小学校の同期会で、友人の吉池昭悦が、「菅ちゃん、これ持ってけや」と言って真っ白に粉を吹いた自家製干し柿をどっさりくれた。口にしてみて驚いた。奥深い甘味に加え表面こそ締まっているが中身はとろけるように柔らかく、まさに極上品だった。吉池のさりげないひと言がいい。

「大したことしてないさ。取り入れて奥の座敷に放っておけば、自然に粉が吹いてきて……」

果実酒もジャムもシイタケも、それに干柿づくりだって、いってみれば道楽である。道楽なればこそ失敗も許されるし、遊び心も混じる。味わいながら多くの友人たちの顔が浮かべば、もう言うこともなし。田舎住まいならではの心温まる一瞬である。

Ⅲ

動物たちと遊ぶ

餌台にやってきたヤマガラ

千客万来の昆虫たち

捕虫網を捨ててから五、六年たった。チョウたちの命を奪うことにいささかの負い目を感じるようになったのだ。以来、山野を彷徨するときは、捕中網に代えてカメラ片手に出かけることにしている。同好会の会誌に連載中のエッセイ「旅先で出会ったチョウたち」に、自分で撮った写真を添えようと決心したのだ。七年前から始めた連載で、これまでに十五編書いた。十回までは同好会仲間の津田さんの写真を拝借してきたが、密かに「下手でもいい。自分の写した写真を掲載しよう」と心に決めた。津田さんは元バンカーだったと聞くが、写真の腕前はプロ並み。以前、オオイチモンジを書いたとき、二葉の写真を拝借したが、いずれも上高地で撮ったすばらしい作品だった。一つは梓川の河原に静止するオオイチモンジで、焼岳の雄姿が背後にあって全体を引き立てていた。もう一つは、舞い上がるオオイチモンジ、写真全体に躍動感がみなぎっていた。

でも始めてみると、これが大変むずかしい。

採集なら宙《そら》を舞うチョウを網ひと振りで仕留めることもできるが、写真となるとそう簡単ではない。初心者には、葉上で一服しているチョウの撮影すら簡単にはいかない。姿態が気に入らないとか、逆光ゆえに美しい紋様が消えてしまうとか逡巡《しゅんじゅん》するうちに、いずこへか飛び去ってゆく。

（まずは我慢だ。それからチョウの生態をしっかりと知ることだ）

以来私は、チョウの動きを我慢強く観察しながら、シャッターチャンスを待つよう心掛けている。進歩は微々たるものだが、それでもコレクター時代と比べれば、チョウたちの生態が少しずつ分かってきた。

今では、庭に出るときも、時にはカメラを携える。わが家の庭はチョウたちにとってもすばらしい楽園なのだ。記憶を頼りに数えてみて、これまでに庭先で出会ったチョウは優に四十種類を超えていたことに気がついた。日本産のチョウの一五パーセントぐらいは、居ながらにして観察できるのだ。

常連客といえば、冒頭で書いたキタテハに加え、ヤマトシジミ、ダイミョウセセリ、ジャコウアゲハ、キタキチョウ、ベニシジミ、ヒメウラナミジャノメ、イチモンジセセリなど十指に余る。このほか、毎年季節とともに、モンキアゲハ、ナガサキアゲハ、ウラナミアカシジミ、ミズイロオナガシジミ、ツマグロヒョウモン、アサギマダラなど豪華メンバーも顔を出す。

初心者のころ必死になって追いかけたチョウたちが、今、庭先で写真撮影に納まってくれると思うと、感無量の心境にもなる。

チョウ以外にも、わが家の庭にはさまざまな昆虫が訪れる。セミ、トンボ、甲虫類、バッタ、コウロギなどなど。

夏がそのピークだ。昆虫たちは梢から梢へと宙を舞い、草むらを彷徨し、全身で歌い、恋に熱中し、短い生涯を懸命に生きている。

この季節、朝の一番バッターはヒグラシだ。うっすらと東の空が色づくころ、静寂を破って甲高い第一声を上げる。目覚まし時計にしては耳うるさいが、「さあ、朝ですよ」といった気合いがこもっていて、清々しい。

そのころ、庭の片すみに積み上げられた腐葉土の中で何十頭ものカブトムシが育っている。孫たちがまだ幼いころ、成虫を入れた虫かごをコナラの根もとに置いておくと、幾頭もの仲間が集まってきて屯していた。わが家生まれか、遠来の客かは分からぬが、来るものは拒まず、大歓迎したものだ。

日中はまさに千客万来だ。アカトンボ（ナツアカネとかアキアカネとか）やシオカラトンボに交じって、数頭のコシアキトンボが中庭をぐるぐる回って縄張りをつくる。小型の癖に堂々としていて愛くるしい。

真夏の太陽が照りつける中、ひときわ大声で歌うのがミンミンゼミだ。うるさいことこの上なしだが、本人たちは天下を取った気分かもしれない。セミ仲間では恰幅がいいし、透明で大きな翅も美しく、かつて昆虫少年だった私の心を揺さぶった大物である。

夜のとばりが降りるころ、美声家たちが登場する。庭の草むらは隅々までコウロギに占領されて、庭中に大合唱が響き渡る。三流の合唱団と称したらコウロギたちに失礼だろうか。昼間のミンミンゼミに比べれば、はるかに上品で清涼感にあふれた歌声が深夜まで続く。

庭仕事でたまった疲れを癒すべく、私は大合唱に誘われて寝室へと向かう日々だ。

鳥の餌台は入場制限

一碧湖《いっぺきこ》からイトーピアにかけての一帯は、鳥たちの楽園でもある。

湖水あり、フトイやアシの生い茂る沼地あり、それを取り込むようにして広がる雑木林ありで、双眼鏡片手に湖畔を歩くバードウォッチャーの姿を見かけることも多い。

わが家の庭にもいろいろ見知らぬ鳥がやってくる。図鑑を買い込んで観察を始めてみたが、これがなかなかむずかしい。近所に教えを乞う友人も見当たらず、今に至るも全くの鳥音痴だ。でも卑近な鳥たちだけでいいから友達になろうと、餌台を作って陰から観察することにした。

居間から数メートル離れた木陰に、天敵から鳥たちの身を守るため、高さ一五〇センチほどの柱を立て、その上に五〇×六〇センチ角の餌台をのせて給餌を始めた。餌は試行錯誤した結果、ヒマワリの種とむき餌（アワ、ヒエ、キビなど）の二種類に絞り込んだ。

お手本は、かつて八ヶ岳西山麓に立つペンション歩絵夢《ポエム》で朝を迎えたときの景色。一七〇〇メートルの高原に立つこのペンションは、地域一番の人気宿らしく、その日も満室だった。扉をあけ放つと食堂とウッドデッキが一体となり、その先に餌台が二つ設えてある。気がつくと、それぞれの餌台で小鳥が一羽ずつ止まって、お互い視線を交わしながら餌を啄《ついば》んでいる。周囲の風情に溶け込んで、高原の朝を見事に演出していた。

「ウソのオスとメスですよ。喉から頬にかけて橙赤色なのがオス、常連さんです」

わが家の餌台も順調な滑り出しだった。むき餌にはスズメが常客となり、ヒマワリの種にはヤマガラとシジュウガラ、時にはカワラヒワが飛来した。

一週間後、異変が起きる。まず、むき餌を啄み始めたのがキジバトだ。図体が大きいからスズメたちは傍から順番を待つことしばし。でもキジバトは愛くるしい面構えで、「まあ、いいか」と見逃していたが、大物闖入者が登場するに至って私の堪忍袋の緒が切れた。タイワンリスがやってきて、ヒマワリの種を独り占めし始めたのだ。追っても追っても執拗にやってくる。

こうなると、いくら鈍重な私とて戦わざるを得ない。

（餌泥棒め、目にもの見せてやるぞ！）

長い棒を片手に庭に出陣、手あたり次第木々を叩いて威嚇した。でも効果はいっとき、完敗だった。

（こうなれば知恵の勝負だ）

早速ホームセンターに出かけ、碁盤の目に組んだ金網を五枚買いこみ、針金で硬く縛って、覆いを作った。タイワンリスと鳥たちの体形を想い浮かべ、熟慮し、一枡三〇ミリ角の金網にした。

結果は上々だった。翌日からタイワンリスは悔しそうに覆いの周りをうろつくばかり、腹いせに金網を噛んでビニール塗装をはがしたりはしたが、やがてあきらめて退散していった。ところがある日のこと、私が見ている前で、一匹のタイワンリスが金網をすり抜けて、餌台に侵入したではないか。近づいた私に気づき覆いの中を駆け巡るリス、必死の形相をしている。ここは武士の情けと心得てしばし静観するうちに、なんとか退路を見つけて逃げていった。

（はて、どうしたものか）

こうなるとやはり人間の知恵はリスに勝る。再びホームセンターで、タイワンリスと鳥たちの体形を再考慮して、二〇ミリ角と二五ミリ角の網を求め、組み合わせて覆いを作り直した。以来、さすがのタイワンリスも歯が立たないらしい。ときおりやってきて周囲をうろうろするものの、いっときして去ってゆく。

この組み合わせは鳥たちにとっても大変微妙だ。ヤマガラはほとんどが二五ミリを選ぶし、シジュウガラは二〇ミリでも平気で通る。スズメとなると、大半が二〇ミリから出入りする。とばっちりで、リスと一緒に門前払いを食ったのがキジバトなど肥満児たちだ。気の毒ではあるが、小鳥たちを守るための緊急避難だから致し方ない。

でも名誉のためにキジバトについてひと言触れておくと、全身を覆う羽はブドウ色を帯びた灰褐色で、赤褐色の羽縁があり、鎧に身を固めた武士の姿を連想させる。地上では紳士然として鷹揚《おうよう》に振る舞っているが、一旦宙《そら》を舞えば、小鳥など蹴散らしているのかもしれない。

ヒマワリの常連客ヤマガラとシジュウガラは両者とも頭が黒く頬に大きな白紋があるが、腹部の色の違いで見間違うことはない。人懐こいのはヤマガラで、伊豆高原に住む友人は、手のひらで餌を与えて楽しんでいるが、私はやらない。人間は野鳥の生活領域に踏み込み過ぎてはいけないと思うからだ。同様の思いから、鳥のレストラン（給餌）は、餌に事欠く冬場だけのオープン、十二月一日から始まって、三月末で店を閉じる。

スズメたちはいつも集団でやってくる。何羽ものスズメが一堂に会してペチャクチャおしゃべりしながら、満足いくまで食べ散らかす。シジュウガラやヤマガラはマナーを心得ていて、餌を樹々の枝先まで運んで、静かに食べる。でも私は一茶の心境になって、茶目っ気たっぷりなスズメたちにも愛の眼差しを向け続けている。

餌台の近くには水飲み場兼水浴場を設けた。こちらはオープンだから、イソヒヨドリやキジバトが幅を利かせているし、名前を知らぬ鳥も頻繁にやってくる。ある日、八ヶ岳山麓のペンションで出会ったウソが一人静かに水浴していた。赤いえり巻きをした雄で、超然とした姿が印象に残った。

春先、アセビの花を啄んでいるのはメジロたちだ。群れを成してやってくることが多いが、餌台には見向きもしない。ツグミやウズラも準常連客、もっぱら地面を徘徊している。ツグミはいつも一人ぼっちだが、家族そろって散歩するウズラの姿を見ていると、家族愛に満ちていて微笑ましい。最近になって、図鑑を見ながらジョウビタキの飛来を知った。もう一種、見慣れぬやや大型の鳥がつがいでやってくるようになった。友人の森田さんに聞いて、ガビチョウだと分かった。中国南部から東南アジアにかけて広く分布する種で、日本では特定外来生物に指定されているという。タイワンリス同様人間の浅はかなミステークで日本に居ついたらしいが、今や手遅れ、快く受け入れてやるしかあるまい。私は訪問者として認め、飛来を歓迎している。

木々の間をひょこひょこ散歩するのがキジだ。雄はときおり隣家の屋根のてっぺんで、キキーンとひと声あげ、周囲の眼を一身に集める。堂々として気品あふれる姿は、まさに鳥の貴族とでも呼ぶべきか。

コゲラも忘れたころやってくる。「コッ、コッ、コッ、コッ」と枯れ木をつつくドラミングで、所在が万人に知れ渡る。愛嬌があって愛くるしい。この音を耳にすると、私は急いで庭に出て、ひとしきり見とれるのだ。

そしてウグイス。伊豆に住んで一段と身近になった。三月初めの快晴の朝、遠望する富士山がいまだ冬化粧のままの姿を見せるころ、突然周囲の静寂を破って、

「ホー、ホー、ケキョ、ケキョ、ケキョ！」

と、第一声を放つ。一年中で一番心のほぐれる、さわやかな朝である。

イノシシ君の登場

一碧湖から伊豆高原一帯にかけて民家の庭に出没する大物といえば、イノシシとシカである。天城山中に広がる高原に別荘を持つ友人Ｉは、シカの餌食にならぬようすべての幼木を堅固な金網で囲っている。樹皮など硬そうでご馳走とも思えぬが、上等食に事欠けばなんでも口にするのが生き物の常だ。

イトーピアと道路を隔てたゴルフガーデン別荘地に住むＫさんは何年か前、庭先に大きな檻を仕掛けイノシシ親子六頭を仕留めたことで有名だが、シカの被害はもっと深刻だと嘆く。

「イノシシも困ったものですけど、そのあとシカがやってくるようになってねえ。庭先の野菜

という野菜を根こそぎ食べまくるんです。大被害ですよ」

千坪近い敷地にいろいろな野菜類と山野草を育てる。ご主人が野菜、奥さんが山野草担当で、両人ともプロ並みの腕前だ。

今のところ、イトーピアB地区ではシカの被害を耳にしないが、私のホームコース伊東カントリークラブに行くと、しばしばお目見えする。フェアウエーだったり、ティーグラウンドだったり。しばらくこちらをじいーっと見つめたあげく、くるっと尻を向け、飄々《ひょうひょう》として立ち去っていく。襲ってくるでもなし、立ち居振る舞いが何とも優雅で、眺める分にはかわいいものだ。

だがイノシシとなるとイトーピア地区でも話題に事欠かないほど頻繁に出没する。車での通りすがりだが、私も何回か目撃した。ある晩秋の昼下がり、公道を堂々と闊歩している巨大なイノシシを目撃したときは、驚くというより、その度胸に感服した。

数年前のある夏、その大物親子がわが家の庭に闖入したのだ。ほんの庭先、居間から数メートルのところに咲き誇る大株のヤマユリを根こそぎひっくり返してしまった。イノシシにとっては鶏卵ほどもあるヤマユリの球根は大ご馳走に違いあるまい。考えてみればわが家の庭は先祖代々ご馳走の調達場所だったのかもしれない。そうだとすれば、彼らこそ先住者だ。でも私は怒り狂った。

「大泥棒！　ただでは済まさんぞぉ」

そうは言っても、考えるまでもなく、この狂暴な天敵と戦う術など私自身持ちあわせているはずもない。相談してみたが、ご近所さんの反応もみな素っ気なかった。

「それはねえ、市役所に電話して、捕獲用の檻を設置してもらって、中に餌でもぶらさげて……。順番待ちらしいですけどね。ぼちぼちやったら、どう？」

本気で、いや冗談半分だが、猟銃でも手に入れて一発ぶっ放してやるかと考えたこともあるが、街中でやれば刑事罰らしいと聞いて、すぐあきらめた。

（ならば、共存しかあるまい）

まず、二つのことを思いついた。ヤマユリとかアシタバとか、イノシシの好物を庭から排除すること。もう一つ、ネットや電線を張って、「イノシシ君に告ぐ。ここより先侵入すべからず」と看板を掲げること。

第一案はすぐ実行に移し、アシタバはすべて庭から放逐した。子孫が一、二年の間芽生えたが、自然消滅してくれてお仕舞い。ヤマユリの方はそれほど簡単ではなかった。わが家の庭が気に入っているようで、庭中あちこちに飛び移って、気がついたころには、数輪の花を結ぶ中堅株に育っている。すでに書いたが、イノシシすらも近寄りがたい石積みの崖っぷちから芽生えた株が次第に増えた。平坦な場所に移住した株は抜き去るか無難な場所に集めている。

第二案は、いささか手がかかるから、とりあえずネットを張りめぐらしてみた。看板設置は私のオリジナルではない。どこかの里山を徘徊していた折、イノシシだったかクマだったかに警告する同文の看板を見て、思わず唸った。

（ウーン、すばらしい発想だ。こんなユーモア書く人、顔が見たい）

でも奇人変人の発想ゆえ、ご近所に憚っていまだに実行していない。

イノシシは地中で蠢《うごめ》くミミズも大好物。ミミズはわが家でも量産しているから油断できない。これからもお互いの知恵比べ我慢比べが続くことだろう。

タイワンリスは加害者か

もう一種、厄介な動物がいる。タイワンリスだ。

最初の出会いは伊豆に移住する少し前、城ヶ崎海岸の林間を楽しげに駆け回る可憐な姿を見たときだ。かわいらしい仕草に魅かれて、しばし見入った記憶が残っている。家を構えてみると、ときおり庭先に現れ、コナラの枝を軽やかに渡り歩いている姿を見かけるようになった。

「タイワンリスは嫌われ者ですよ。シイタケの榾木《ほだぎ》をかじって台無しにするし、電線だってかじるんだから」

軽く聞き流していたご近所の忠告が、やがて現実のものとなる。わが家でシイタケ栽培を始めてみると、なるほど榾木に被害が出始めたのだ。でもその被害自体はほどほどのものだった。私が心底怒り出したのは、先に書いたように、鳥の餌台を独り占めし始めたときだが、この一件に関する限り、私は完勝した。

初秋のある日、早朝散歩の途上で、数人の人だかりに出会ったことがある。近づいてみると、アオダイショウがタイワンリスをのみ込んでいる。回りの人間など気にもせず、路上にとぐろを巻き、顎を普段の三倍にも広げて、必死の形相だ。私の心は一〇〇パーセントタイワンリスを応援していたものの、人前もあり手が出せない。

（これが自然の掟というものか）

去り行くアオダイショウを見送りながら、私は妙にしんみりした気分になっていた。以来、わずかではあるが、タイワンリスへの同情心が芽生えた。彼らは、自ら志願して天敵のいる日本にやってきたのではない。人間どもの浅はかな欲望やミステークがきっかけなのだ。

タイワンリスの来日物語については、すばらしい英文のエッセイがあるのでご紹介する。お隣の斎藤マリアさんが綴ったもので、題して「*Illegal entrants from Taiwan*」。マリアさんは四十年近く日本に住むスペイン人。日本の国情に精通しながらも、西洋生まれの人らしい鋭い視点を持ち続ける知識人だ。ユーモアの中に鋭い文明論があって面白い。

冬が訪れ、伊東に不法侵入者 Taiwanese squirrels がやってきた。日本ではタイワンリスとして知られる。

最初、日本にやってきたときは完全な手続きをへていたが、ペットとしての手続きがオーナーたちに悪用された。オーナーたちは法のぬけ穴を利用し、リスを野に放ち始めた。飼育にかかる経済的負担もさることながら、エキゾチックな声で鳴き、ケージの中で飼育するのはむずかしいと気づいたからだ。一旦野生に戻ると、天敵がいない中、繁殖し数を増やしていった。

初期の段階で適切に対応していれば解決できたかもしれない。しかし、中部と東京の入国管理局の間で責任問題がでてきた。どちらの局に責任があるのか。入国港のある局か、リスが生存するところの局か。議論が国会にまで持ち込まれている間に、至るところで見かけるほど多くなり、今となっては、解決など不可能と思えるほどになった。何をすべきか？　収容所に入れ、台湾に送還するのか？　それともこのまま滞在を認めて先例をつくるのか？　留意すべきことは、日本生まれのリスは台湾に戻ることができないほど、日本社会に溶け込んでいることだ。

このリスを全滅させることは、動物保護専門家たちの注目の的となるだろうし、すでに専門家たちはこの種は本国リスの遠縁で、保護しなければ絶滅するだろうと主張している。そうしている間にも、樹木や野菜やシイタケ生産はリスの影響を受けている。

リスは野外をあちこち移動し、週末には伊豆海岸に侵入して、多くの観光客をもてなす。新しいおもてなしビザで解決できることを願うこととでもしましょうか。

タイワンリスト渡来のストーリーを簡単に紹介しておこう。

本州での繁殖は、戦前の一九三〇年（昭和五）以降にペットや動物園で飼育されていたものが逃げ出したり、放たれたりしたものが野生化したといわれている。一九三五年（昭和十）には、伊豆大島の公園から逃げ出した群れが野生化し大繁殖したという。また、戦後の一九五一年（昭和二十六）には、台風で神奈川県江ノ島植物園の飼育小屋が壊れ、多くのタイワンリスが弁天橋を渡り鎌倉市内に入り込んで繁殖している。現在、伊豆大島、神奈川県のほかでも静岡県、岐阜県、大阪府、兵庫県、和歌山県、長崎県（壱岐、福江島）、熊本県、大分県などにも及んでいる。

繁殖力旺盛なリスだ。分布が拡大するにつれ、次第に在来種のニホンリスと競合するようになり、ニホンリスの絶滅が危惧されるようになってきた。二〇〇五年、外来生物法によって特定外来生物に指定され、飼育など原則禁止となった。

イノシシにもタイワンリスにも、伊東市民は手を焼いている。広報などを読む限り行政も及び腰のようにしか思えないが、鳥獣保護管理法で保護されている側面もあり、対応の難しさを感じる。タイワンリスを絶滅させるほどの天敵の出現待ちか、それともマリアさんのエッセイにある「新しいおもてなしビザ」の発給か……。人間側のミスが原因で招いた事態である。人間の知恵で解決する道が待たれる。

Ⅳ　伊豆の友人たち

リタイア後の人生をどう送るか。

独り大自然の中に身をおいて孤高の日々を送る道もある。

二十年ほど前、オーストラリアで目にした光景が今も印象深く記憶に残る。ダーウィンで借りたレンタカーを東に向かって走らせること二時間半、カカドゥ国立公園が原野の中にひょっこりと現れた。その間、民家などほとんどなし。途中自然発火の山火事に遭遇し進退きわまるなど、まさに大自然の中を走り続けたドライブだった。

翌朝、朝食前のツアーに加わり、カヌーに乗っていまだ眠りから覚めぬ湖上を進んだ。ガイドが野鳥を見つけては解説する。湖岸に横たわるクロコダイルはじっと目を閉じ静止したままだ。その先に、ボートに乗った老人がいた。独りぼっち、身動き一つしないまま釣り糸の先をじっと見つめている。

ふと思った。この老人は孤独だろうか。ひょっとして世界中で一番幸せな人生を送っているのかもしれない、と。

人さまざま百人百様でいい。

でも私は俗人、ちょっと欲が深い。生ある限り友人がほしいのだ。

これまでの友人たちは長いつき合いだし、大切だ。足腰が丈夫な間はこれからもときおり出かけて行って杯を交わすだろう。それでも、いささか距離が離れてしまった。

「終《つい》の住処《すみか》」を定めたからには、じたばたせず腰を据えて過ごしたい。身近に、さらっとしていて心温まる友人ができれば、わが余生も万全ではないか。

そう思って暮らしているうちに気がついた。イトーピア別荘地は友人の宝庫に違いない、と。昭和時代の前半、おおよそ三十年の間に生を得た人たちが顔を連ねているのだ。

イトーピア以外に住む友人もできた。伊豆半島育ちの人々と、職を求めて伊豆半島にやってきた人々。私を温かく迎え入れ、友人づき合いとなった。

学生時代や職場時代の友人といえば大半が同性だが、伊豆では夫婦同士のおつき合いである。「さらっとしていて心温まる友人ができれば」と書いたが、夫婦そろってのつき合いこそこの表現がぴったりなのだ。人間一人ひとりに個性があるように、夫婦にも長年つれ合って暮らすうちに育んだカップルとしての個性がある。これがなかなか味わい深く、つき合っていて楽しい。

こうした友人たちの中でも長老格になってしまった私たち夫婦だから、いずれお先に失礼するとして、それまでしばらくおつき合い願えまいか、そんな想いで、感謝を込めて、二章（本章とⅦ章）にわたって認《したた》めた。

黙して働く会長さん

イトーピアは、日本経済が高度成長期の最中、一九七〇年（昭和四十五）に第一期の分譲が始まった別荘地。A、B二つの区域に分かれている。販売はA地区が先行し、私の住むB地区は数年遅れで売り出された。B地区の総面積四五万平方メートル、その中に百七十七棟が建っている。法人所有の保養所やホテルもあり、個人住宅はおおよそ百六十戸、そのうち四〇パーセント弱の六十世帯ほどが定住者だ。

他所からの移住者がほとんどだから、既存の集落と違って結束は緩いし、各人自由気ままに住んでいる。それでも行政からの連絡や防災訓練などもあるし、住民相互の交流の場もほしい。せめて定住者だけでも集まろうと、一九九一年（平成三）十二月、それまで有志で開いてきた餅つき大会を発展的に解消して、「イトーピアB地区親睦会」が発足した。現在では定住者の八〇パーセントほど、五二世帯が参加する。

会長を務めるのは富澤和雄さんで、戦後間もない一九四六年（昭和二十一）生まれだから、今年（二〇一九年）七十三歳になる。四十五歳のとき親睦会の初代会長を引き受けた。以後、会長職は三回交代し、五人目として再び会長となり今日に至っている。

餅つき大会での親睦会会長・富澤さん（右から２人目）

この富澤さん、頼まれれば断れない性分、他人の面倒見も抜群。伊東市のいでゆ大学（六十歳以上を対象にした生涯学習プログラムで市が主催。民間企業が経営するカルチャースクールに近い）のOB会会長も引き受け、走り回っている。

春のお花見会や初秋の昼食会など親睦会の催事も富澤さん抜きには考えられない。お花見会では、富澤さんが中心になって前々から用意された鶏肉を串に刺し、当日は朝から炭火を起こして会員を待つ。この日ばかりは消防訓練などでは顔を見せないメンバーも笑顔でやってくるから、天候に恵まれれば優に四十名を超す大宴会となる。大樹に育った数本のソメイヨシノの下、今やB地区の春を彩る風物詩となった。

初秋の昼食会もそうだ。前もって、市に申請して補助金をもらい、一人千円の会費で豪華なランチが用意される。市との交渉から宴会場の手配まで、会長が一手引き受けである。

今から三十年ほど前、横浜での個人事業を捨てて当地に移住した。当時十三歳だった長男が喘息《ぜんそく》を病んでいたため、転地療養が必要と判断しての移住だった。その息子さんも今は四十歳代半ば。競輪選手として大成したが、競輪の道を選んだのにはエピソードがある。

富澤さんは、イトーピアに住むに当たって、ペンション経営を思い立った。当時はペンションの最盛期、イトーピアB地区だけでも開業が続き、いっとき十軒を数えた。富澤さんの営む「ペンション・けやき」も大当たりとなり、客足が絶えず、たまたまやってきた競輪の花形選手Hさんの投宿がきっかけで、多くの著名な競輪選手が集う宿となった。ベンツやBMWで乗りつける選手たちを見て、喘息を乗り越えた長男はその道を進むことになったと聞く。

ペンション経営も隆盛を誇ったが、血の気の多い富澤さんはいっときペンションを人に貸し、ちょっと街に下りて、いろいろと事業を試みた。喫茶店も開いたし、もう少し大きい金も動かしたが、万事順調とはいかず、舞い戻って、再びペンション経営に専念した。

だがペンション経営にも黄昏時《たそがれどき》がやってきた。十軒あったペンションがしだいに店じまいし、今では二軒を残すのみだ。富澤さん経営の「けやき」も、奥方に先立たれたのをきっかけに閉店した。だがその後も忙しそうに走り回る姿を見ていると、ボランティア活動以外にもあれこれ挑戦中なのかもしれない。

とにかくよく動く人だ。走力に自信があり、高校時代はラガーで通した。その馬力の余韻で十年前からゴルフを始めた。二年ほど前の昼食会の席で、富澤さんが、

「皆さんでゴルフを楽しみたいと思うんですが、希望者は……」

と声をかけると五、六人が手をあげた。私もその一人で、以来月一回程度、時間の許す限り至近距離にあるゴールド川奈カントリークラブに出向いてプレーする。おおむねドングリの背比べだが、岡本喜和さんや谷夫妻のように一〇〇を切るメンバーもいて、その時ばかりは誰もがハッスルする。

年末のある日、散歩していると、ほのかな香りとともに子供たちの甲高い声が聞こえてきた。富澤さんが庭でたき火をしているらしい。

「孫が三人来てましてね。焼き芋やっているところですよ」

落ち葉をかき集めながら笑顔で話す富澤さん、万人を愛する富澤さんの一面を見る思いがした。

酒もこよなく愛している。本稿を書くに当たって、私は一升瓶を下げて富澤宅を訪ねた。人生談義が進むにつれだんだんと酔いがまわった。こちらは話を聞く方だから控えめに飲んでいたが、二時間ほどで一升瓶が空になった。

「いでゆ大学ＯＢ会会長、辞めたいんだけどむずかしいなあ。でもイトーピアＢ地区親睦会の

会長は続けますよ。住んでいる人の安全とか幸せとか、十年間私が願い続けてきた地域への思いがありますからねぇ」一呼吸おいてから、眼を閉じたままつぶやいた。

「何をやるにしても、一生懸命やってるんだし……」

「親睦会の目標もいいけれど、ご自分の目標は何?」と私。

「そんなものないですよ」

私はふと思った。

他人の喜びが己の喜びみたいな人だ。一見地味だが、噛めば噛むほど味が出るとはこういう人を指して言う言葉か。この人が会長である限り、わが親睦会は安泰に違いないなあと。

世界を股にかけるオシドリ夫婦

文字通りの隣家に斎藤貴夫・マリア夫妻が住む。地続きだからいつの間にかお互い行き交う小径ができ、「斎菅道路」と呼ぶようになった。

マリアさんはスペイン国籍のインテリ女性で、弁舌さわやか、颯爽としている。貴夫さんが大学時代、卒業旅行か何かでスペイン滞在中に出会ったのがご縁で、つれ合いとなった。古式ゆかしい和装姿での婚礼写真を見せてもらって、仲睦まじきご両人の原点を改めて見る思いがした。

一九七九年、二十六歳で日本にやってきたマリアさんは、スペイン語以外に、フランス語、英語、イタリア語、ドイツ語などをこなす逸材だったことが幸いし、一九七五年にスタートした国際連合大学（東京都渋谷区に本部をおく国連の自治機関）に職を得て、二十六年間務めた。

ご主人の貴夫さんは、ＩＨＩで原子力関係の職についたのが社会人の出発点。以後ＧＥ、ベル＆ハウエルと転身を重ね、世界中を駆け回って働いたが、五十五歳で退職する。そのあと、やや遅れてマリアさんがリタイアし、すでに建ててあった伊東のセカンドハウスを足場に悠々自適の人生が始まった。

とにかく仲がよろしい。才気あふれるマリアさんと連れ添うには並外れた包容力が求められただろうが、それを見事にやってのける貴夫さんは見上げたものである。「この人、ちょっと変わっているのよ」などと軽口をたたくマリアさんだが、言葉の裏に信頼の心がひそむ。

夫婦そろって大の旅好き人間である。イトーピアが冷え込む一～二月と梅雨期の二回、定期便のように海外の旅に出る。毎回四～六週間の長旅だ。マリアさんの故郷・バルセロナを中継地とする以外はおおむね一国に留まり、アパートや滞在型ホテルに投宿して、旅先の風俗や自然を満喫しながらゆっくり旅を続ける。南北両極地を除いて、地球上の観光都市から僻地まで大方回り尽くしたのではないかと思うほどだ。

隣家の斎藤夫妻（右の２人）は世界中の味を知るグルメ

三年前には、南アフリカのナミビアとボツワナを回遊。現地からシマウマやライオンやアフリカゾウを間近で写した写真つきメールが何回も届いた。私は冗談半分、旅を称えた返信を送った。

「すばらしい！　でもライオンに食われたりしないよう御身大切に。無事の帰国を祈っています」

これまでに出かけた長旅は六十回を超えただろうという。

その中で特に印象深かった旅先を聞くと、マリア夫人がしばらく考えてから言った。

「インドとトルコかなあ。インドとひと口で言っても、南インドなんか出会う人も風俗も別の国かと思うほど違う。トルコではアルメニアとの国境近くまで行ったけど、いいガイドがいたし、危険などなかった。でも、今はクルド人の問題もあってどうかなあ」

斎藤夫妻がイトーピアに家を建てたのは、わが家より二年ほど早い。貴夫さんが四十歳少し前、マリアさんが三十歳半ばでの決断だった。

現役時代からセカンドハウスを持ち、リタイア後は自然豊かな田園に住む。欧米では普通の発想だから驚くこともないが、

「私は外資系の会社にいたし、マリアはヨーロッパ人だから……。日本人は農耕民族だったから土地に根づいて定住する。その点ヨーロッパ人は狩猟民族ですからねえ。自由に移動できるんですよ」

と貴夫さん。

「都会は情報ばかり多くて疲れる。伊東って、自分で考えて生きるところ。病気になったらどうするって。その時考えればいいじゃない」

とマリアさん。ここまでくると、もうマリアさんの独壇場だ。

「友達なんて新しくつくればいいでしょう。外へ出れば人に会えるし、友達になれる。一日中家の中にいる人、イトーピアには住めないねえ」

私が「伊豆を老人天国にしたら……」とか何とか言いかけると、たちまち反論が返ってきた。

「それ、イメージが暗いわよ。生きるために私たち伊東に来たんです。死ぬためじゃあない

よ！」

二人には静の世界もある。好天の日は庭仕事に打ち込み、雨天ともなれば貴夫さんは黙々と木製帆船模型づくりに没頭しているらしい。キットを買い、場合によっては海外から図面を取り寄せて、実物に近づける。一艘を完成するのに数年が必要というから本格的趣味である。貴夫さんは、展示会用解説文の最後にこう書いた。

「このように木製帆船模型の製作は製作者の多彩なスキルだけでなく、あらゆる知識・知能の全活用を求められる究極の『大人の趣味』の一つです」

マリアさんは大の読書家だから、雨天でも忙しい。それに料理の達人なのだ。伊豆で揚がる数々の海の幸、日本産の野菜や果物、時にはスペイン産イベリコ豚などあらゆる食材を駆使して、マリア風創作料理をつくる。

オシドリ夫婦は「ハーイ、お元気ですか」と声をかけながら、イトーピア中を散歩する。そうして気の合う人に出会えば、誰とでも友達になり、いつの日かテーブルを囲む日々だ。

「菅さん、明後日の夜空いてる？　〇〇さんご夫妻と一緒にディナーしませんか」

斎藤家の食卓を囲んで、ワインを飲みながら、これまで何組のご夫婦と友人になったことか。この本では、こうして始まったおつき合いの一部しか書けなかったことが悔やまれるほどだ。

人生花盛りのアーティスト夫妻

近所にもうひと組、海外の旅を楽しむ夫婦がいる。斎藤夫妻とほぼ同世代の岡本朝夫・操夫妻だ。六十歳で第一線を退いてからほぼ十年間、毎年海外の旅に出た。一回目が二〇〇八年トルコ旅だ。そして二年半後の二〇一一年三月にはインドに旅立っている。

この二か国は、斎藤マリアさんが「最も印象に残った国」として思い出を語ってくれた国だ。旅好き人間には何か共通の嗅覚があるのかもしれない。インドの旅ではニューデリー滞在中、日本で東日本大震災が発生するというハプニングに遭遇しているが、何とその時、斎藤貴夫・マリア夫妻も同じくニューデリーでインド最後の夜を過ごしていたという。お互い後刻知ったという逸話だが、こうなるともう偶然を超えてご縁としか言いようがない。

岡本夫妻がトルコへ旅立ったのは二〇〇八年の秋、朝夫さんが第一線から退いた直後の「ご苦労さん慰労旅」だった。四十二歳でサラリーマン生活に終止符を打ち、医療関係のアドバタイジング会社を立ち上げてから二十年近くたっていた。ぼつぼつ潮時と考えて身を引いた岡本さん夫妻にとっては、新しい人生の出発のような気分だったろう。

その後、ベトナム、スペイン、ペルー、チュニジアと続いた旅は、次第にツアーから離れ、手づくりの旅へと変わっていった。

二〇一七年にはミャンマーと北イギリスへ、翌二〇一八年には二月ニュージーランド、九月ポルトガルへと旅立っている。

手づくりの旅の場合、現地でアパートを借りたり、滞在型ホテルに泊まったりする旅スタイルになり、旅路の日程も増えることが多い。左ハンドルの国でレンタカーで気ままに走り回るのも醍醐味だ。

外国旅行もさることながら、夫妻の旅心は国内旅行でもいかんなく発揮される。最近では長崎県五島列島の旅が心に沁みたようだ。列島北東部に位置する野崎島という小さな島がある。戦後間もないころは六百人以上が暮らしていたが、二〇〇一年から無人島となった。

そこに建つ旧野首教会に話が及んだときに朝夫さんが言った。

「野首教会は隠れキリシタンの歴史を秘めている。でも、現地に行って初めてわかることばかり。目で見て、匂いを嗅いで。そこが旅の面白さなんですね」

後日届いたメールにはこんな記述があった。

「教会そのものはレンガ造りのため五島の厳しい自然にも耐えていますが、内部はとても繊細な骨組の天井が美しい教会です。迫害から逃れてこんな離島まで流れてきて、一つずつレンガを積み上げた当時の信徒の苦労を想うとちょっと感激しました」

日ごろお見受けする岡本夫妻はいつも穏やかな表情をたたえ、立ち居振る舞いも物静かでしとやか。紳士淑女のイメージだが、心に秘めた人生観は相当に篤い。

夫妻の趣味にそれが現れている。

朝夫さんは地元の同人誌『雑木林』に「男の厨房　伊豆の魚を食らう」と題する一文を連載しているが、これがなかなか凝っている。たとえばサヨリについてこう書いている。


様々な食べ方があるが、やはり新鮮なサヨリが手に入ったら生食がよい。そのままの刺身もうまいが、ここでは塩麴の力を借りた酒の肴を紹介。

サヨリは前述のように三枚におろし、皮を引いて、水けをきっておく。小骨のないことを確かめ包丁で粗くたたいたものに、サヨリ一匹につき小さじ一杯程度の塩麴を加え、全体を軽くあえる。料理と言えるのはたったこれだけだが、見た目の美しさと風味をアップするために一工夫。器に適当な大きさの焼き海苔を一、二枚敷き、その上にサヨリの塩麴あえを盛り付ける。海苔とサヨリの色のコントラストが美しく、酒の肴に最高である。


この連載を読みながら、この理詰めで繊細な「男の厨房」談が朝夫さんのどこから生まれるのだろうと思っていたが、カービング（木工彫刻）作品を拝見して、ようやく合点がいった。

朝夫さんがリタイア後に始めた野鳥のカービングは繊細だしユニークそのものなのだ。一般的にバードカービングは、できるだけ本物そっくりに仕上げて評価を競う世界だが、朝夫さんは流れるように宙《そら》を舞う生命を表現している。造形美を追い、その中に自由闊達な解放感が漂っている。ご本人も言う。

「私のバードカービングはリアルさよりも木の魅力を活かしたいと思っています」

操夫人の趣味はパッチワーク。始めてから十年、今や相当の腕前だ。欧米で盛んなアートだから、海外旅行で個性的な作品と出会うのが楽しみになった。伊豆高原アートフェスティバルには毎年参加して、朝夫さんの宙飛ぶ鳥たちとともに会場を引き立てている。

「私は『木と木』をつなぎ、操は『布と布』をつなぎ合わせて何かをつくるという変な趣味をもっています」

こう語ったあと、一呼吸おいて、朝夫さんが言った。

「伊東をパンの街にしたいですね。町おこしの一つとして、そういう動きが始まっているようです。ご期待の石窯、少しずつ進めたいですね。それにしても菅さん、一碧湖《いっぺきこ》の魅力を老後のことと結びつけすぎていませんか。もっと楽しいことを考えている人が多いはずですよ」

なるほどパンの街とはいい着眼かもしれないし、石窯にも大いに期待したい。それから、老後云々のこと、朝夫さんはマリアさんと同じことを口にした。

その通りだ。私も歳をとりすぎたかなあ。年寄りの代表みたいなことばかり言ってるぞ。でもいいか、本当に年寄りなんだから。いや、やっぱり間違っているぞ。イトーピアB地区の住民ならばもっとポジティブに生きなくっちゃ。

岡本邸で日本酒の杯を交わすうちに、私の心も少しばかり若返っていた。

誰からも愛された絶妙カップル

わが家から数分のところに住む金井英武・紀子夫妻は私たちと同世代人。英武さんは私より一つ年上の一九三二年（昭和七）生まれだ。伊豆に移り住んだのはほぼ同時期だが、ある意味で英武さんは私の先達、紹介いただいたたくさんの友人を得た。

英武さんは人づき合いの達人なのだ。五〇キロそこそこの軽量ながら笑顔を絶やさず、初対面でもすぐ打ち解けあって、人の心をそらさない。冗談も得意だが、嫌みがないから自ずと会話が盛り上がる。「里山クラブ」とか「森のボランティア」とか地元ボランティアグループに加わって、気がつけば幹部になっていたらしい。いっとき、私も英武さんの尻について里山クラブのメンバーになり、山林の間伐や小学校の校庭づくりのお手伝いをしたものだ。

英武さんの語り口にはいつもユーモアがあって、楽しい。

「この前、森のボランティアで伊豆高原の桜並木の手入れをやったんだ。老木にあれこれ手を加え、若返りを図るってことさ。プロみたいなメンバーがいるもんでねぇ。おれの役は、旗持って、ピッ、ピーとか笛吹いたりして、交通整理係だった。その時、たまたま知り合いのご婦人が通りかかってさあ。『あれ、金井さん、生活に窮したの、こんなことやったりして』って顔してた。ちょっとやばかったけどね」

英武さんは大の日本酒党で、銘柄にも凝る。能登半島に行くなら半島先まで行って「宗玄」を買ってこいとか、新潟の酒ではやっぱり「八海山」が一番だとか、宮城の銘酒○○が届いたから飲みに来いとか、日本中の銘柄に通じているからすごい。どちらかというとワイン派の私だが、英武さんと飲むときは、大型の猪口で杯を交わすのが常だった。

スポーツ万能でもあった。水泳もゴルフも相当な腕前だったらしいし、木登りも上手だった。私が出会ったころはダイビングに熱中していて、インストラクターとして、春先から十一月いっぱいまでは海に潜って初心者の指導に当たる日々だった。子供の間では大変な人気者だったが、「おれって、案外ご婦人にもてるんだぁ」とすまし顔で言い切ったものだ。

その英武さんが、あるとき「海」を捨てて「陸の人」となった。吹き矢に取りつかれたのだ。

「こうして的に向かって姿勢正しく立つんだ。それから十分に呼吸を整えてフウーとひと吹き。腹式呼吸するのがコツだから、健康にもいいし。菅ちゃんもやらないか」

英武さんを陰で支え続けてきたのが紀子夫人だ。二人のお嬢さんは口をそろえて言う。

「母は我慢強い人なんです。いつも『負けるが勝ち』と言って、自由にふるまう父を傍から見ていたんですね」

紀子さんは心配《こころくば》りの人、いつも周囲の人を温かく見守っている。

それに料理の達人でもある。私の周囲にも何人か料理自慢の友人がいるが、日本料理に関する限り、紀子さんの右に出る人を知らない。客人を迎える日は、前日から仕込みにかかり、万全を期す。私たちは何回も夕食に招かれたが、絵のように美しい食卓を見て感嘆の声を上げたこともしばしばだ。

地道な庭仕事も紀子さんが引き受けていたようだ。木に登ったり小屋を組み立てたりと派手な立ち回りは英武さん、草花を育てたり雑草取りをしたりと庭づくり全体に気を配るのが紀子さん。早朝散歩で金井家の前を通ると、ときおり玄関周りで仕事する紀子夫人と出会って挨拶を交わす。

「あの人、まだ寝てますよ」と言いながら見せる笑顔が美しい。

紀子さんは押し花アーティストとしても活躍中で、繊細でしかも全体に安らぎをたたえた労作は、作品展でもひときわ目立つ存在だった。広い庭は、そうした作品を仕上げる上でも材料供給の貴重なフィールドに違いない。

正月には、二人のひ孫さんも含めて、十数人の家族が金井家に集う。部屋割りや布団をどうするか、そして献立は……。こうした集いの中心にはいつも紀子さんがいた。

考えてみれば、縦横無尽に走り回る孫悟空もどきの英武さんは、実のところ、紀子さんの手のひらの上で演技していたようなものだ。

その英武さんがあるとき、深刻な話を口にした。

「おれ、ちょっとやばいんだよ。肺に妙な異変が起こって、医者から不治の病だと言われたんだ」

そう言いながら、紙に「間質性肺炎」と書いた。何で？　心肺機能を向上させると言って吹き矢を始めた人が、またどうして？

インターネットで調べてみると、「さまざまな原因から肺胞の壁に炎症や傷害が起こり、この結果、本来は薄い肺胞の壁が、厚く硬くなり、肺胞が膨らみづらくなり、酸素の取り込みが難しくなる病気です」と解説してあった。

発病してから二年後の夕刻、訃報が届いた。天命と言えばそれまでだが、友人を失うことはつらい。ご冥福を祈るばかりだ。

趣味三昧の贅沢人生

これほどの釣りキチにはこれまで出会ったこともない。そう思って対面していると、長田博充さんのクリッとした目元には、どこかの高級魚に似た哀愁が漂っている。久美子夫人の方はどうか、そう思ってイメージしてみた。歳相応に年輪を刻んだ目元が美しい。ひょっとしてバラの花か、それとも……。

趣味が高ずると表情にも表れるものか、そう思うほど長田博充・久美子夫妻は己の趣味一筋に生きる。

博充さんは最近こそ近場が多いようだが、三日にあげず釣り場にいるのではないか。夕刻、ぼつぼつ夕餉の支度に入ろうというとき、わが家の玄関のベルが鳴る。

「今朝、赤沢堤防で釣ったサバです。小ぶりだけど、血抜きして内臓も取ってありますから。このままでもいいし、半分は酢で軽くしめるのもお勧めですよ」

学生時代釣り部に所属し、就職先も釣り具メーカーを選んだ。希望通り企画部門の配属となって世界各地の釣り場を訪ね、仕事の合間釣りに興じた。バンクーバーで釣りあげたキングサーモンや、オーストラリアで揚げたキングフィッシュ（ヒラマサ）の話になると、一層饒舌になって、私はもっぱら聞き役に徹する。

いっとき、アユに凝ったこともある。

「五月から十月にかけて毎週末出かけました。四十日で千尾ぐらいは釣ったでしょう。米代川の支流・阿仁川へ出かけた時、気がつくと対岸に子連れの熊がいたんです。一目散に逃げましたけど」

米代川は奥羽山脈の懐深くに源を発し、花輪盆地、能代市をへて日本海にそそぐ。私はその話を聞きながら五年前の出来事を思い出していた。友人と連れだって総勢九人、同じく米代川の支流・小又川の源流近くに湧く杣《そま》温泉を訪ねたのだが、投宿した日がアユ解禁日の翌日・七月二日であった。ご主人は、初対面ながら、前日から釣り場に出かけて十数尾のアユを釣り上げ、食卓に供してくれたのだ。おもてなしの心に触れたわが一行は感激余って大はしゃぎ、酒好きのご主人も加わって大宴会となった。

博充さんはさすがプロ、自慢話もスケールが大きい。長男宅に女児が誕生した昨年の秋、伊東の自宅でお食い初め（生後三～四か月後に行う祝い事）を企画した。お爺ちゃんとなった博充さん、ここは出番とばかり、朝から西伊豆に出かけ、戸田港内の係留船上に陣取って、数時間粘った。戸田港は南から港を囲むように御浜岬が張り出し、水深も十分、人気の高い釣り場として通るが、大物の釣り上げを公言して出かけるところに「名人」としての自負がある。そして、約束通り四〇センチを超す大物のマダイとクロダイを持ち帰ったという。

長田夫妻は、私より少し遅れてイトーピアに移り住んだ。移住に先立ち、釣り人生を全うするために何としても伊豆に住みたいと烈々と訴えた夫を前に、久美子夫人がどう答えたか詳しくは知らない。でも久美子さんも根っからの自由人で自然愛好家、まんざらでもなかっただろうと推測する。

久美子さんは博充さんと同い年の一九四八年（昭和二十三）生まれ。マミフラワーアレンジメントの中堅として活動しながら、アマチュア写真家としても東奔西走している。二十年ほど前佐久市で出会った真紅のリンゴの虜となり、青森県弘前市のリンゴ園に通うようになった。春の開花期と晩秋の収穫期、夜行バスに乗って東京を発つと翌朝弘前に着く。人影のない早朝やランチタイムで静寂が戻った昼どきのリンゴ園はまたとないシャッターチャンスだ。紅色に頰を染めたリンゴたちが微笑み、歌舞伎役者の立ち居振る舞いさながらの樹形がそれを支えて、リンゴ園中が見事な被写体と化すのだ。

久美子夫人は労を惜しまぬ仕事師で社交家。おしゃべりも巧みだし、友人も多い。撮影自体は孤独な作業だから、撮影会に参加する以外はいつも一人で出かけるものの、終わってみればいろいろな出会いが待っていて、リンゴ園のオーナー夫人とも昵懇になった。

ここまで書いて、ハタと気がついた。「そうだ、久美子さんの眼差しは色づく前に見せるあの透明なリンゴの表情とそっくりではないか」と。

ガーデニングも久美子さんの担当らしい。三百坪の庭はどちらかというと英国風。山野に自生する植物たちが心憎いほど自然な姿で、でもどこかにちょっとした秩序があって、うまくバランスがとれている。前掲の金井紀子さんと同様、フラワーアレンジメント用植物の大切な供給源に違いない。まさに一石二鳥の庭づくりと言えるだろう。

伊東港には海に向かって三つの堤防がある。

格好の釣り場だから、好天の日は釣りキチたちが毎日大勢やってきて、釣り糸を垂らす。一番大きな白灯堤防には、多い日は、一日五十人を超える釣り人が詰めかけるという。

「最近は釣り場が老人クラブみたいになっていますよ。一日過ごしても餌代だけですみますからねえ。やり始めると面白くなって、夫婦連れで釣りをする人も多いんですよ」

「こっちが三十尾も釣りあげているのに、お隣さんはボーズだったりして。仕掛けが少しずれているとか、投げる距離が違うとか、ちょっとしたことですけどね」

口にこそ出さないが、長田夫妻にはプロとしての自負と意地、いや誇りがある。健康の続く限り、今日も明日もそれぞれが己の道を歩き続けることだろう。

V 歩き旅に出る

中山道・美濃路の難所と呼ばれる十三峠

伊豆に移り住んで暮らすうちに気持ちがゆったりしてきた。ストレスのない自由気ままな生活だから、心が広がり、未知の世界をのぞいてみたいような、そんな気分が湧いてくる。

（独りで、長い旅路でも歩いてみるか）

ある日、それまで考えもしなかった「旅のかたち」を思いついたのだ。伊豆半島に移り住んでから数年たち、ぼつぼつ七十代半ばにさしかかろうとする頃だった。以来十年間、私は毎年のように歩き旅に出た。「伊豆に終《つい》の住処《すみか》を求めた心」と同根の「旅路にくつろぐ心」を携えて。

旅路の思い出をいくつか綴る。

塩の道

――古の人々の生活を想いながら歩く

新しい「旅のかたち」を思いついたきっかけは、伊東市内の書店で買った『塩の道ウォーキング』という小冊子だ。大井川の河口と御前崎の中間地点・相良町から長野県最南端の南信濃村に至る「塩の道」歩き旅のガイドブックだ。著者に連絡して、さらに詳しい出版物の所在を知り、『信仰の道　秋葉街道』と『塩の道　千国街道』（田中元二著・白馬小谷研究社）を手に入れた。

信州といえば内陸の国、かつては太平洋と日本海から運ばれる海の塩が生命線だった。この二つの運搬ルートは、南と北からいずれも深くV字型に切れ込んだ谷筋をたどり、いくつもの峠を越えて松本平で合流する。

入手した三冊の本はこのルートを地域別に詳述したもので、つなげると四〇〇キロメートルを超える長大な本州横断路となる。昔はもちろん、今日でも歩き人だけを受け入れる一筋の道だ。たかだか一本の道、だが、私の心を揺さぶる何かがあった。

二〇〇七年五月某日、私は御前崎最南端の御前埼灯台のてっぺんに立って、茫々と広がる太平洋を見下ろしていた。本州横断歩き旅を前にして、遠州灘にひと言挨拶を贈っていたのだ。

遠州の南端から始まるこの旅は、掛川で東海道と交わったあと信仰の道として知られる秋葉街道をたどって秋葉神社に参る。一旦、天竜川左岸まで下り、国道一五二号線に沿っていくつもの峠を越えながら、ひたすら山中を貫く一本道を北上する。

二つ目の地蔵峠（一三一四メートル）にさしかかると「日本で最も美しい村」と書かれた看板が立っていた。村おこしの意気込みを感じながら麓へ向かう。大鹿村の中心地大河原は河川の合流点。空が一気に広がりかなたに豊富な雪を懐いた南アルプスの名峰・赤石岳の雄姿があった。ここは二百五十年の歴史を誇る大衆歌舞伎で有名な村だ。かつて伊那谷には百五十にものぼる大衆芸能の舞台があったが、今では大鹿歌舞伎が唯一のものとなった。

数年後の十月下旬、私は秋の公演を見るために深夜車をとばして現地に入った。二つ目の出し物「一谷嫩軍記《いちのたにふたばぐんき》・熊谷陣屋の段」が始まるころになると、酒も進んで満杯の観客席も大いに盛り上がる。演技者はほとんどが村人、観客には遠路はるばる駆けつけたファンも大勢だ。見せ場で拍手が起こり、おひねりが飛ぶ。まとめて五つや十投げる人あれば勢い余って舞台まで駆け上がり役者の懐にねじ込む乱暴者まで現れ、どっと爆笑が起こった。地芝居ゆえに許されるハプニングだ。

大鹿村を後にした旅路は最高地点・分杭峠（一四二七メートル）など二つの峠を越え諏訪盆地を通過すると、いよいよ旅の中間地点・松本平だ。

一方、日本海側から信州を目指す「塩の道」は千国街道とよばれ、暴れ川・姫川を遡行する一筋の小径をたどって松本平に到達する。

私の旅はこの千国街道を、塩とは逆に、日本海へ向かってひたすら歩く。松本平を横切り、仁科《にしな》三湖と白馬村をへて小谷村にさしかかる辺りで、ベンチを見つけ一息入れた。眼前にこの旅一番の絶景が広がる。残雪を蓄えた後立山連峰の峰々が屏風のごとく居並び、白馬岳が中央やや奥まって鎮座、小蓮華山と白馬乗鞍岳が張り出して、指呼の間にあった。

いっとき歩き千国番所跡を過ぎると、いよいよ千国街道も佳境に入る。

山中を往く古道にはかつて牛を追いつつ峠に挑んだ牛方たちの足跡が随所に残っていた。起伏が多く、崩れ落ちたガレ場もあって緊張の連続だった。それでも、古の旅人たちを想うと妙に懐かしくなって、「これこそ千国街道！」とつぶやきながら歩いた。

四十数年前調査のためこの地に入った民俗学者・亀井千歩子は、「千国街道は、ほんとうに地味な街道であった。が、黙々と働き、黙々と歩き続け、やがて木や草の営みのように土に帰っていった人々の、限りない歴史を刻んだ、民俗の踏み跡が残されていたのである」（『塩の道・千国街道』東京新聞出版局）と書いているが、私はその想いを共有しながら歩いた。

街道は姫川の左岸を歩いたあと、右岸に渡り山中に分け入って大網《おあみ》峠を目指す。峠を越えやや進むと信越国境にさしかかる。越後サイドの道は手入れもよく、山口関所跡を通過すると、もう一息。半日歩き通せば終着地・糸魚川の街並みと日本海が待っていた。

私はこの変化に富んだ「塩の道」を二回歩いた。通算するといずれも十八日ほどの旅路であったが、二回とも途中で挫折している。一旦帰宅したあと、再び挫折地点に戻って終着地・糸魚川に至った。

一回目の旅（二〇〇七年）では、途中不覚を取って大怪我をしたのだ。秋葉山南山麓の山中で道を取り違えたのだが、「急がば回れ」の原則を無視して直進したのが原因だった。崖から落ちて第七胸椎を圧迫骨折し、五週間の入院生活を余儀なくされた。胸椎の骨折は、最初の一週間ぐらいは猛烈に痛い。「安静第二」だから、二十四時間じいっーとしているのだが、寝ていても座っていてもときおり激痛が走る。完治までに半年を要し、結局一年間を棒に振ったが、歩き旅の虜となった私は、性懲りもなく、その翌春、再び怪我をした崖下に立っていた。そこから再び「塩の道」に挑戦するために。

二回目の旅（二〇一二年）では苦労しながらも順調に歩を進めた。だが、落とし穴が最終日に待っていた。信越国境・大網峠の手前で雪に阻まれ道を失う。この年は稀にみる大雪で　五月下旬とはいえ八四〇メートルの峠一帯は深い雪に覆われていたのだ。梅雨明けを待って、二か月前と同様姫川温泉に一泊した私は、大網峠を越え日本海を目指した。

糸魚川の街並みにかかると、「塩の道起点として賑わった沿道」と書かれた案内板が目に入った。もう一息、一〇〇メートル足らずで海に出た。波もない、眠ったような日本海だった。私は、一区切りついたような、ほっとしたような気分になって、ひとしきり海を眺めた。

四国へんろ道
——己と自問自答しながら歩く

一回目の本州横断の旅を終え、歩き旅の魅力に取りつかれた私は、翌二〇〇九年と二〇一〇年、続けて二回、四国へんろの歩き旅に出た。

旅立ちに当たっては、相応の心構えが必要だった。一つは一二〇〇キロを超す旅路の長さだ。一気に全行程を歩き通せるかどうか。「挫折したら一旦打ち切って、再挑戦すればいい」と言って己を励ましたが、一気に歩き通す覚悟で出発した。

もう一つは、巡礼の旅ともなればそれなりの決め事があるが、どこまでそれに従うか。特段の信仰心を持たないゆえに戸惑いがあった。宗教的意味合いよりも、「へんろ人の礼節」を大切にしようと決め、霊場ではしきたりに従って参拝した。金剛杖だけは勘弁願ってウォーキングストックを使った。

一番札所霊山寺《りょうぜんじ》は、高松と徳島を結ぶJR高徳線・板東駅で下車して十分ほど。寺に併設された売店で白衣・菅笠・経本など買い求めて態勢を調えた。霊場では、まず手水で身を清めたあと、灯明と線香をあげ、本堂、太子堂の順に参拝し、堂の前で経本を手に般若心経を唱える。できるだけ鐘楼に上がって梵鐘《ぼんしょう》を打った。周囲にこだまし、境内一帯に広がってゆく鐘の音を聞いていると心が洗われるようで、ついつい病みつきになった。

歩き出して三日目、十二番焼山寺《しょうざんじ》に向けて山道にさしかかる。焼山寺は「阿波路」最奥の海抜七〇〇メートルの山中に立ち、へんろ道最初の本格的山寺である。途中大きな下り道が入るから、トータルでは一〇〇〇メートルは登らねばならない。久々の山登り、息を切らしながら境内に入る。二組の団体おへんろさんが本堂前を占拠して読経中だった。

私は団体さんから距離を置いてひとしきり山寺全体を観察した。新装なった太子堂が本堂と並び、新緑が目に沁みて初々しい。線香の香りが漂い、山全体が読経のリズムに乗って揺らいでいた。団体さんの去るのを待って、しきたり通り般若心経を唱え、本堂に向かって心を込めて拝礼した。

霊場の立地は平地あり、山中あり、時には海浜ありとさまざまだが、私は道中を通して山寺に魅かれ続けた。大自然と一体化し超然として山中にたたずむ山寺は、古来、信仰の対象として人々の心をしっかりと受けとめてきた。私の体内にもこうした山岳信仰の遺伝子の片鱗が宿っているかもしれない。

四国へんろ道は長丁場ゆえ、体力とともに忍耐力が成否のカギを握る。

「阿波路」には二十三の霊場がある。焼山寺を辞したへんろ道は、平地に連なる霊場を巡ったあと、二つの山寺二十一番太龍寺《たいりゅうじ》と二十二番平等寺《びょうどうじ》をへて、二十三番薬王寺《やくおうじ》に参る。薬王寺はへんろ道初の海岸寺。厄除けの寺として信仰を集め年間百万人が訪れるという人気の寺だ。薬王寺を出ると土佐路初の霊場まで八〇キロほど、ひたすら海岸線を進む。

「土佐路」は霊場こそ十六と少ないものの、道程は全行程の三分の一、四〇〇キロに及ぶ。太平洋の景観に励まされながら、長い長い海岸線を歩く日々だ。室戸岬に立つ二十四番最御崎寺《ほつみさきじ》と足摺岬の三十八番金剛福寺《こんごうふくじ》は内陸の寺が多い四国路では格別な存在である。特に四国最南端・足摺岬に立って太平洋と対峙すると、一千年の時を超えて、修行者の声が耳元でささやきかけてくる。修行者たちは海の彼方の補陀落《ふだらく》（観音菩薩の住む浄土）を信じ、大海原に向かって永遠の臨終行に旅立っていったのだ。

「伊予路」には二十六の霊場がある。多くは松山から今治にかけての平坦地に連なり、五十一番石手寺《いしてじ》のような個性豊かな人気寺もある。心に残る山寺も多い。その一つ四十五番岩屋寺《いわやじ》は伊予路久万高原の奥、奇岩怪石が立ち並ぶ山中（七〇〇メートル）の一角に立っていた。霊気が山全体を包みこみ、私は古の修験者たちの姿を連想しながらゆっくりと山中を歩いた。六十番横峰寺《よこみねじ》（七四五メートル）もすばらしい山寺、焼山寺同様厳しい上りをへて本堂に至る。さらに一足上って星が森に立てば、山岳信仰の霊地石鎚山（一九八二メートル）を間近に遥拝できるはずだが、あいにく二回とも天候に恵まれず、悔いが残った。

「讃岐路」、現在の香川県で言えば一〇％の土地に二五％の人が住む四国一の人口密集地だ。この讃岐路には二十三の霊場が連なっているが、まず私の心を捉えたのは七十番本山寺《もとやまじ》だった。境内中央に特段の振り付けを凝らすでもなく、無言のまま本堂がぽつんと座していた。鎌倉時代に建造され修復を重ねて今日に至ったもので、国宝の指定を受ける。讃岐は空海にまつわる微笑ましい伝説を残す土地柄だが、出生地に立つ七十五番善通寺《ぜんつうじ》は高野山金剛峰寺、京都の東寺とともに真言宗三大霊場の一つ。四国霊場要の札所でもあり、広々とした境内はたくさんの参詣者でにぎわっていた。

そして最終日。一番寺に参ってから四十二日目、私は八十八番霊場・大窪寺《おおくぼじ》の本堂の前に無言のまま立っていた。四十二日間歩き通してきた感慨が胸をつく。

ふと気がつくと、隣でも熱心にお経をあげる夫婦がいた。ほぼ同時に参拝を終え、顔が合った。

「今年結婚五十周年なんですよ」

満面に喜びをたたえながら、奥さんが言った。

「途中帰っては田んぼの仕事を済ませ、また出かける繰り返しでね。ずうーと軽トラで回ったんです。ようやく六反植え終わったところです」

と、ご主人。

「感激で涙が出たでしょう」

「うーん、本当に嬉しい。おへんろってこんなにいいものかと思って。いっそ、この足で、高野山まで行ってしまおうかと思ったりして……」

こちらまで涙が出るほど胸を打つ会話だった。後日談だが、馬場さんと名乗るこのご夫婦はそのあと軽トラを走らせて、高野山を目指した。

「高野山に着いたのは夜九時だった。本堂がライトアップされていて、それはそれはすばらしかった。菅さんの分もお参りしたからね」

電話の先で奥さんの声が躍っていた。

大窪寺ではもう一人忘れがたい僧侶と出会っている。一番寺から歩いてこの日ようやく結願《けちがん》した尼さんだ。大学を出ていっとき普通の生活を送ったが満足できず、仏門に入った。名刺には沼津市郊外に立つ真言宗神道派寺院の副管長とあった。後日こんな便りを頂戴した。読み直してみると、これぞ宗教者の心境であろうかと改めて感動する。

「あの時は、わたくしも沢山の尊いお力とご縁を頂きました。不思議なお力を頂き、感無量でした。貴方様は如何でしたか？　お四国はほんとうに、「無」で廻るとありがたいことを沢山教えて頂けるものですね」

へんろ旅の最大の醍醐味と言えば、人との出会いであろう。

旅に求めるものは人それぞれである。信仰心の篤い人は祈りと感謝の気持ちを懐きながら歩き、「己探し」の人は自問自答しながら歩き、スポーツ感覚の人は困難に挑戦しながら歩く。だが、一旦宿に入って食卓を囲むと、歩き人の心がいっぺんに弾ける。みな胸襟を開き、己の人生を語るのだ。

迎える地元の人たちの心も広い。立ち寄った小さな食堂ではアジの押し寿司とコーヒのお接待を受けたし、街角で一杯の酒とフクロウのぬいぐるみを頂戴したこともある。

それでは、私は何のために歩いたか？

正確に答えるのはむずかしい。ちょっとスポーツ感覚も入っているが、広く流布する言葉を借りれば「己探し」の旅であったことは間違いない。八十年近く歩んできたわが人生を顧みる旅。宗教（信仰）に対する己の立ち位置を確かめる旅。人との出会いを楽しみながらも心を空にしてひたすら歩き続ける旅。あまりむずかしいことを言っても始まらない。これらすべてを含んだ旅、まあそんなところだ。

一つだけ感じ入ったことがある。「ご縁」だ。私は若いときから「世の中は必ずこうなる、こうあるべきだ」と思いながら過ごしてきた。一つひとつは偶然のように見えても、偶然の連鎖の中に必然的な方向性があるはずだと、まあそんな考え方である。だが旅を終えた今、偶然と必然の間に「ご縁」があると気づいたのだ。

ご縁は人の営みの中にある。心の中にある。人の心が紡ぎ出す広々とした温かい想いがご縁を感じ取るのだ。人と人との思いがけない出会いも、心の内ではご縁だと思う。

これぞ心を空にして歩いたへんろ旅が私に贈ってくれた最大のプレゼントだったのかもしれない。

中山道
――日本の歴史を学びながら歩く

中山道は江戸五街道の一つ、数々の歴史を紡ぎ続けた道である。日本橋から出発するこの街道は、上野《こうずけ》、信濃、木曽、美濃、近江をへながら京都三条大橋に至る長丁場。五三〇キロ強の道程である。

参勤交代のため主として西国の三十家の大名がこの街道を通って江戸に向かった。この街道は姫街道とも呼ばれ、将軍家への輿入れのため六人の皇女たちが江戸を目指して降っていた。江戸時代、道中には六十九の宿場が設けられ、大名や幕府要人の往来時には宿場は万事滞りなきよう万全を期した。地元住民たちはその都度駆り出され役務に就いた。庄屋など宿場の幹部もその取り仕切りに奔走した。

私も旅すがら随所でその足跡を見た。駕籠に乗り時には馬上の人となって江戸へと向かった大名たちは、大行列を従え、首を垂れる民衆を睥睨《へいげい》しながらも、一方では徳川家に逆らえぬ複雑な心境を胸に抱きながらの旅路であったろう。皇女和宮もまたしかり、幕府と朝廷の狭間に揺れる若き乙女の心境を歌にこめ、あちこちに残している。

浅田次郎が描く参勤交代の物語『一路』も、難路を往くお殿様の苦労の一端を描いていて面白い。街道筋の自然描写は今日の姿から過去をイメージしたものだけに、リアリティに富んだ筆運びだ。

この道は、同時に、庶民が行き交う商業の道、信仰の道、物見遊山の道でもあった。

二百七十年続いた平和な時代は、経済を発展させ、生活の向上をもたらした。その結果、自由な気風、教育や文字文化の普及、武士や富裕な町民層の間で開花した高度な文化・芸術、大衆芸能の発展、磨き抜かれた職人技などさまざまなプラス効果を生んだ。

だが同時に、鎖国政策によって外国との交流を厳しく断ったため、海外雄飛のチャンスを失い、近代社会に向けての発展で後れを取った。

明治維新の到来は歴史の必然だったと思う。だが武力による政権移行は江戸時代を過小評価する風潮を生んだ。そうすることによって、新政権の立場を一〇〇パーセント正当化しようとしたと言った方がより正確だろう。

中山道に刻み込まれた人々の足跡には、時の権力者や御用学者が意図して見逃した真実が込められている。私は一歩一歩足元を確かめながら歩いた。重いテーマだが、愉快な旅であった。

二〇一三年五月中旬の早朝、私は日本橋の橋上に立っていた。本州横断と四国へんろの旅を経験し、歩き旅には自信があったが、その道の真髄に触れようと思えば少なくとも二度歩かねばなるまいと思い、翌年再び同じ道を歩いている。

日本橋を起点として武州路を高崎に向かって進んだこの道は、上州路をへて碓氷峠を越え、信州路へと入ってゆく。二十次追分宿を抜け、北国街道を右に分けると、やがて佐久平への下りにさしかかる。

佐久平はおそらく信州随一の平坦地であろう。空が限りなく広がり、遠望する山岳風景が私の古の記憶を揺さぶり続けた。北には浅間山を主峰とする穏やかな山塊、南南西には蓼科山から赤岳へと続く八ヶ岳連峰、西方はるか彼方には雪を懐いてうっすらと浮かぶ北アルプスの峰々。一つひとつの山名を思い出しながら歩く。

日本橋を出発してから九日目の昼下がり、私は和田峠（一五九九メートル）に立って、南西の空に浮かぶ山影に見入っていた。傍らに「御嶽山遥拝所」と書いた標識があった。

（ここがかつての難所・和田峠か）

私はひとり呟きながら、京や御嶽山を目指してはるばるやってきた古の旅人たちの心を想った。旅路の苦労はさまざまでもお互い同じ道をたどって来た同士だ、そう思いながら、二百年の時空を超えて彼らと感動を共にしていた。

中山道は山中を進む街道である。それゆえ、東海道のような渡河の苦労こそ少ないものの峠越えが多い。碓氷峠を皮切りに、和田峠、鳥居峠、馬籠峠、美濃路十三峠など多くの峠を越えながら進む。

四つ目の馬籠峠を前にして投宿した松代屋旅館は一八〇四年創業の旅籠から始まる由緒ある宿。四十二次妻籠宿の街道沿いに立っていた。路地に面した表の部分が創業以来の建物で、二階の屋根が大きく張り出し、軒下に歳月を感じさせる何枚もの看板がかかっていた。いずれも御嶽講の名前を書いた「まねき看板」で、御嶽山を目指す団体講を大切にしてきた旅籠屋経営の意気込みがこもっていた。

翌朝、馬籠峠を越えて四十三次馬籠宿へと向かう。尾根道を下っていくと広々とした高札場に出た。『夜明け前』の一節を書き記した案内板を見ながら、私はせっかくだからと思い立ち、島崎家の菩提寺・永昌寺《えいしょうじ》を訪ねた。「島崎春樹」と彫られた墓は、伊奈山を望む南向きの斜面にあった。何の飾り気もない素朴な墓石だが、妻と娘三人の墓とともに、憩いに包まれ、ひっそりと立っていた。

木曽路を終えた中山道は、中津川宿を境にして美濃路へと歩を進める。美濃路は、藤村が「木曽路はすべて山の中である」と書いた前日までの山道とは打って変わって、空が果てしなく広がり起伏も穏やか、開放感に満ちていた。この日、三十数キロの道程を歩き通した私は、四十八次細久手《ほそくて》宿《しゅく》の大黒屋に着くとほっとして、横になって疲れを癒していた。

「菅様、お食事の用意ができましたので……」

主人の案内で階下の広間に下りて食膳につく。

細久手宿・大黒屋から朝、出立する筆者

「細久手宿は慶長十五年（一六一〇）の開設です。大黒屋はそのころこの場所でスタートしましたが、当初は尾張家の本陣だったのです。今の建物は築百五十四年（二〇一三年現在）、安政五年（一八五八）の大火で焼けたあと、その翌年に再建したもの。古い家ですが、みなさんに大切にされて今日までやってきました」

ご主人は十六代目、ひとしきり宿の歴史を語ってくれた。前菜の後、次々とご馳走が出た。私は食卓に徳利を並べ、大黒屋夫妻のおもてなしの心に酔った。

四日後の朝、私は史跡巡りのマップ片手に関ヶ原の古戦場に立っていた。眼前には田んぼや畑が続く何の変哲もない農村風景が広がり、その先に穏やかな山並みを背にして民家が何軒か散らばっている。森閑として物音一つしない。いささか拍子抜けした気分になって、それでも私は激闘する戦の場面を想像していた。狭隘《きょうあい》な山あいを一団となって進む東軍にとって明らかに不利な地形だ。それにもかかわらず東軍が圧勝した。

（これがあの二七〇年に及ぶ幕藩封建体制始まりの地か）

家康の知略たるや三成の比ではなかったのだ。

その四日後の昼どき、私は京都三条大橋に立っていた。行き交う人々はさまざまで背広族あり、学生あり、観光客らしき団体あり、それに異国人も混じる。

足下を鴨川の清流がゆっくりと通り過ぎてゆく。川上には比叡山につながる京都北部の低山がかすみ、川下右岸には古風なお茶屋さんが軒を連ねている。

（これが旅人を迎える京の街の表情か）

私は一人、ぽつんと立って、さめやらぬ旅の心に酔い続けた。

三陸海岸

――人々と触れ合いながら歩く

私はベンチに座って海を見つめていた。かなたの水平線までつながる大海原は陽光を受けてキラキラと輝くばかり、無言のまま何も語らない。右手に大きな赤鳥居が立ち、その先に緑に覆われた小高い丘があった。ウミネコの繁殖地として知られる蕪島《かぶしま》（八戸市）だが、今は季節外れで閑散としている。

二〇一六年秋、早いもので東日本大震災から五年半がたっていた。八戸は被災地としては北限に近いが、明日以降訪れる各地の被害はどうだったろう。そして今は……。

中山道を旅してから早くも二年半、久々の歩き旅だ。今回はこれまでとはいささか趣を異にした想いを懐きながらの旅立ちである。

沖合に浮かぶ漁船が一艘目にとまった。漁を終えたのだろう、八戸漁港を目指して近づいてくる。大漁だったらいいがなあ、と思った。


五年前、震災から半年たった二〇一一年十月、私は車に乗って被災地を目指して旅に出た。三日目の夕刻、私は田野畑駅（岩手県・三陸鉄道リアス線）近くの宿・本家旅館に立ち寄っていた。その朝電話を入れたところ、「お泊まりはとても無理。でもせっかくだから、お茶でも飲んでいってちょうだい」という返事。厚意に甘えることにしたのだ。

開業して六十五年の老舗、古びた構えにも趣きがあった。眼前に太平洋の大海原が広がる。お茶と羊羹をいただきながら、老婦人（当時八十五歳）の臨場感あふれる話についつい引き込まれた。

「高台の庭から見ていると、旅館に向かって大きな波しぶきが吹き上がったの。これで旅館も丸ごと流されたあーと思いました。でもね、海側に積み上げた石垣が救ってくれたのよ」

「それはすごいものですよ。あっという間に、なんもかも、ぱあっと無くなったのよ。うちの石垣の下にあった床屋さんも郵便局もスナックも民宿も、大きい建物でも小さい家でも。どれもこれも流されてしまった」


地震直前、その年の一月にご主人が八十八歳で亡くなった。昭和八年の大津波を経験した数少ない生存組だった。地域や学校に招かれては、長生きした恩返しだと言って、津波の体験を語り続けていたという。

「わしは小学生のとき、ばあちゃんと逃げて命拾いした。津波が来たら、何を置いてもとにかく逃げろ」と。


この時の旅では、同じような話を何回も耳にした。

前日、南三陸町（宮城県）で聞いた話もその一つだ。廃墟と化した街の中心地で、津波から二か月後早くも仮設ガソリンスタンドを立ち上げたご主人が言った。

「仕事中でしたけどね。周りが『津波が来るぞぉー』と騒ぐので、必死で逃げましたよ。だから助かった。地震から三十分ぐらいで津波が押し寄せた。一六、七メートルはあったでしょう。津波は黒いんです。ヘドロを巻き込んでくるからねえ。でも逃げるのに夢中で見ていないんです。見ていたらどうなったことか……」

一万四千人の町民の六割が被災した町での立ち話だったが、日焼けした精悍な表情には迫力があった。現場にいた本人しか言えないホンネの体験談、正解かもしれないと思った。

八戸市から出発した私は、海岸線をたどりながらひたすら南に向かって歩き続けた。五日目の昼どき、岩手県野田村の海岸にさしかかる。眼前の太平洋はこの日も波一つない穏やかな表情で無言のまま。浜の一角にむしろが敷かれイワシの天日干しが程よく仕上がっていた。

私は漁師の作業小屋の前に座って、イワシを二、三尾頂戴しながら五年前の思い出話に耳を傾けていた。社長さんと呼ばれる語り手は、投網漁船の指揮を執る船長夫人とお見受けした。六十六歳、さわやかな語り口には風格があった。

「防波堤を乗り越えて押し寄せる波って、ヘビみたいにぐにゃぐにゃ蛇行しながら一気に足元に迫ってくるの。見ているうちになあーんも分からなくなった。画用紙みたいに頭の中が真っ白になったんです。でも主人はじめ沖合漁業に励む乗組員は全員沖にいて無事でした。他の小さい舟もすぐ沖に出た。漁師は津波のことよく知ってたからね」

示唆深い話だった。

翌日の夜、私は北山崎の北端に立つ国民宿舎・黒崎荘に宿をとった。北山崎は黒崎から南の弁天島まで一〇キロにわたる日本最高の海岸景勝地。高さ二〇〇メートルの大海食崖が延々と連なり、遊歩道で結ばれている。翌朝、村役場に電話を入れ、安全を確認した上で宿を出た。崩落箇所は迂回して通り抜け、特に危険はなかったものの上り下りの連続だった。一気に海岸近くまで下ったあと絶壁の上まで上り返す。四、五回は繰り返したろうか、とにかく苦労の多いコースであった。だが苦労に挑む者にだけ与えられる御褒美があった。太平洋から一気に昇る日の出に始まり、林間を巧みに誘う小径、垣間見る眼下の絶壁、地上から隔絶された海岸線……。その海岸線を進むうちに手彫りのトンネルが二つあった。海岸を行き来するためか、それとも浜に打ちあげられた昆布採りのために掘ったものか。ヘッドライトをつけ、腰をややかがめて通過した。

田老の街（二〇〇五年宮古市に合併）にさしかかったのは、それからさらに三日たった午後だった。五年前にも立ち寄って話し込んだ街だけに、風景にも見覚えがあった。

あちらこちらで復旧工事が忙しい。旧防潮堤（海抜一〇メートル）をはさんで、その外側には、さらに巨大な新防潮堤（海抜一四・七メートル）が建設中だ。海の景観こそないが、内側でもポツンポツンと建物が姿を現し始めていた。その一角にひときわ目立つ新築の三階建てを見つけた。五年前職員さんから話を聞いたあの漁協に違いない。当時は壊れかかった建物の二、三階を使って仮営業していたが、見違えるほど立派になっている。

訪ねてみると、地元特産物が並ぶコーナーがあった。薦められて、冷蔵保存の生ワカメを求め、家族や友人宛てに直送してもらった。係の女性Yさんは六十歳前後、防潮堤内にあった家が一気に流されてしまったという。

「三か月前まで仮設に住んでいたんです。ようやく高台に自分の家を建てて引っ越しました。でもねえ、四千万円以上の借金ができてしまって……。八十歳まで働きたいと思ったりしています」

深刻な話だったが、「身内から犠牲者が出なかったのが、何よりも幸せです」と語るYさんには、未来があるなあと思った。子供三人、孫も三人だという。家族みんなで資金を出し合って新築したに違いあるまい。

この旅は、やや尻切れトンボに終わった。私がたどったのは「みちのく潮風トレイル」。環境省主導の下、青森県八戸市から福島県相馬市までの全市町村が実務を担って設定中だった。全長七〇〇キロメートル、復興にも一役買う壮大な構想だ。完成すればすばらしいトレイルになるだろうが、目下整備中。率直に言って、予想以上にあちらこちらに不備があった。災害地にとってトレイルの整備は二の次に違いない。私はそう合点しながら、歩ける道を選びながら進んだ。宮古以南は一部バスを使い、出発から十一日目、釜石にたどり着いた。今回の歩き旅はこの地で打ち切った。

今年（二〇一九年）六月九日、「みちのく潮風トレイル」は全ルートが開通した。いつか再度挑戦してみたいが、歳に勝てるかどうか。

帰路、私は伊豆半島の今を考えていた。南海トラフ巨大地震が起きたとすればどうなるだろうかと。東日本大震災をきっかけに、緊急連絡網や避難経路の整備は格段に進んでいるはずだ。それでも防潮堤などハード面の備えは東日本の比ではない。大掛かりな対策など、懐具合を考えればどだい無理なのだ。

東日本大震災は数々の教訓を残してくれた。その教訓から何を学べばよいものか……。

ローカル列車はのんびりと走る。私は車窓に映る晩秋の風景を眺めながら、旅路で出会った人々の語り口を思い出していた。

Ⅵ　伊豆半島の生い立ち

「伊豆の瞳」とも呼ばれるひょうたん型の一碧湖

日本列島の中では新参者

伊豆半島は、日本列島では新参者である。

その原型は、数千万年前、南方はるかかなたの海で形づくられた火山島だ。フィリピン海プレートに乗って年間数センチというスピードで北上を続け、今からほぼ百万年前日本列島にたどり着いた。

火山学の専門家・小山真人教授の著書から、その経緯を引用してみよう。

日本付近には四枚のプレートが折り重なっており、伊豆半島はフィリピン海プレートの北端に位置している。フィリピン海プレートは、本州をのせたアムールプレートとオホーツクプレートの下に沈み込みつつある。

伊豆半島をのせたフィリピン海プレートは、本州に対して年間数センチメートルという、ゆっくりとしたスピードで北西に移動している。この速度は微々たるものに思われるが、百万年たてば数十キロメートル移動することになる。一方、伊豆半島の土台がつくられたのは約四千万年前なので、その頃の伊豆は千キロメートル以上も南の、現在でいえば硫黄島ぐらいの場所にあったことになる。

伊豆半島全体が、かつては南洋に浮かぶ火山島（一部は海底火山）であった。伊豆が本州に衝突し、半島の形になったのは、六十万年ほど前のできごとである。（『伊豆の大地の物語』小山真人著、静岡新聞社）

小山教授は、この数千万年におよぶプレート運動の根拠として、現在のプレート運動から逆算しての数値や伊豆の地層から発見される南洋種の化石をあげている。さらに、氏が自ら参加した深海掘削船が採取した伊豆七島近海の岩石の磁気測定によって、「もっと直接的な証拠」が得られたと述べている。

伊豆半島の合体によって、かつて一つの海だった相模湾と駿河湾は分断され、両湾を結ぶ海峡は、現在ＪＲ御殿場線がたどる彫りの深い峡谷に姿を変えた。

影響は伊豆周辺だけではない。丹沢山塊や赤石山地（南アルプス）も衝突によって隆起した。伊豆半島は今でもフィリピン海プレートに乗って本州を押し続けているので、赤石山地は年間約四ミリ隆起し続けている。

伊豆半島を生んだプレート運動は半島の東と西に対照的な地形を生み出した。東海岸には、ところどころに平坦な波打ち際が広がっている。かつて海面下にあった岩場が波に削られて平らになったものだ。プレート運動によって押し上げられ地上に現れた。一方、西海岸は多くのところで陸から伸びる尾根がそのまま海に突っ込んでいて、切り立った崖をなしている。西海岸では陸地が海に向かって沈下し続けているからだ。

こうした地球活動により、伊豆半島は東西両海岸ともにすばらしい観光資源を与えられた。幸い東海岸はその多くが開発され人々の往来も盛んだが、交通事情もあって、西海岸の景観はそのほとんどが眠ったままである。でもいつの日か、表舞台に登場する時が来るのではないか。

プレート運動は、また、半島の東と西に深い海をつくり出した。駿河湾は日本一深い湾、最深部は二五〇〇メートルに達し、相模灘（一五〇〇メートル）がこれに続く。

伊豆半島一帯では、今でも眼に見える火山活動も活発だ。

六十万年ほど前から噴火活動を始めた箱根山では地熱活動が続いているし、足元の伊豆東部火山群も再噴火を期して活動中らしい。直近の火山活動では、小室山（一万五千年前）、大室山（四千年前）、カワゴ平火山（三千二百年前）、岩ノ山や矢筈山《やはずやま》（二千七百年前）と続いたあげく、一九八九年七月、伊東沖の海が噴火して、忽然とその姿を現した。手石海丘《ていしかいきゅう》火山だ。現在でも海底にはっきりとした地形が残る。専門家は、地震波を使った地下構造の調査結果として、伊豆半島東部の地下一五キロメートルほどの広い範囲にマグマがたまっていると推測している。

地球の営みは底知れぬ広がりを持ち、目も眩むほど巨大だ。それに比べれば人類の歴史など一瞬の出来事。地球に対しあれこれ文句を言ってみても相手にもされない。ただひたすらに地球活動を観察し、将来を予測して、起こるべき事態に対してできる限りの準備をする、これだけが人類生存の道なのだ。

このプレート運動がもたらす現象として、日本にとって喫緊の課題は言うまでもなく地震と津波だろう。「南海トラフ巨大地震」については別項に譲るが、遠からぬある日、二十一世紀のいつの日にか日本列島に襲いかかる可能性は高い。

私は、こうした地球の営み（自然現象）に対しては、腹を据えドンと構えることにしている。地震も津波も恐ろしいし、毎年何人もの日本人が台風や洪水でも命を落としている。だが危惧したところで何の解決にもならない。

そう思ってもう少し前向きに考えれば、地球の営みから無数の恩恵を受けていることにも思いが至る。改めて指摘するまでもなく、地球は何十億人という人類の生存を引き受けているのだ。この懐の広さは、他の天体などとは比較にならないほど鷹揚《おうよう》で、優しい。

地球はすばらしい天体なのだ。

数々の恩恵をもたらした火山活動

伊豆半島の中でも、伊東市から東伊豆町にかけての東部一帯は、火山活動がもたらした贈り物で満ちあふれている。

その背景について、小山教授の著書から再度引用させていただく。

火山には大きく分けて複成火山と単成火山の二種類がある。複成火山は、ほぼ同じ場所から休止期間をはさみつつ数万〜数十万年にわたって噴火をくりかえし、結果として大型の山体をつくる火山である。富士山、箱根山、伊豆を代表する大型火山たちが、これにあたる。一方、単成火山は一度だけ噴火して小型の山体をつくった後に、同じ火口からの噴火をやめてしまい、次に噴火する時は全く別の場所に新しい火口をつくる。

十五万年前以降の伊豆半島では、なぜか「鎮火」してしまった大型の複成火山の代わりに、大室山に代表される単成火山があちこちで噴火するようになった。その結果として小型火山の群れ（伊豆東部火山群）ができ、今日に至っている。この火山群に属する火山は、伊豆半島の東半部（伊豆の国市、伊豆市、伊東市、東伊豆町、河津町）に全部で六十あまり分布

海底火山が生んだ岩・柱状節理（須崎半島）

するほか、伊豆半島と伊豆大島の間の海底にも存在する。（『伊豆の大地の物語』）

伊豆東部火山群の活動は数々の景勝地をつくり、広大で平坦な土地を生み、水資源に一役買い、われわれにジオパークの夢を与えた。

一碧湖《いっぺきこ》も小室山も大室山も、こうした伊豆東部火山群の活動の結果として生まれたもので、今や伊豆半島東海岸が誇る景勝地だ。毎年多くの観光客が訪れ、最近では国際化も進んで、中国語や韓国語が飛び交うようにもなった。

一碧湖は、大池と沼池がくびれた水路でつながった半島最大の湖で、十万年前の激しいマグマ水蒸気爆発で生まれた。湖水を一周する小径は大池だけで二キロメートルほど、沼池を含めると三キロメートルを超える。週末ともなれば多くの観光客がやってきて、憩いのひとときを過ごす心地よい散歩道だ。

一万五千年前の噴火が生んだ小室山は、西斜面一帯に広がるツツジの大群落が有名だし、頂上からの眺望もすばらしい。眼下には緑豊かな川奈ホテルゴルフコースと果てしなく広がる相模灘。かなたには伊豆大島がぽっかりと浮かんでいる。

時が下り、約四千年前の噴火で大室山が生まれた。プリンそっくりの端正なすがた形は伊豆高原のランドマーク。頂上から眺める三百六十度の眺望も見事だ。七百年の歴史を持つ山焼きのおかげで、山全体が茅で覆われ樹木一本生えていない。かつては生活の必需品だった茅を育てるための山焼きが、今日では貴重は観光資源となった。

火山活動は、また広大な台地を生み出した。

一碧湖と同時期に噴火した梅木平火山は、今日、観光資源としての目立った地形を残していないが、放出した大量の溶岩流は主に東に向かい、川奈ホテルゴルフコースの南半分やその南に広がる三野原台地を創生した。小室山の噴火は東部火山群では最大規模。東に流れ出た溶岩流は相模灘を埋め立てて平坦な台地を生み出した。その地形を生かして建てられた川奈ホテルの眺望はすばらしく、果てしなく広がる大海原を一望に納めている。またこの溶岩は北に流れて川奈崎を形成し、そのおかげで川奈の良港ができた。

小室山の噴火から一万一千年後、大室山が噴火した。規模こそ小室山を下回ったものの、流出した溶岩は小山教授の見積もりでは三億八千万トン、四トン積みトラック約一億台分に当たる。主として、東に向けて流れ出た溶岩は、地形の凹凸を埋めながら海に向かい、なだらかに広がる広大な伊豆高原を生み出した。伊豆半島の代表的観光スポット・城ヶ崎海岸も、豊かな広葉樹林におおわれた瀟洒《しょうしゃ》な別荘群も、その恩恵の上に成り立っている。

小山教授は、噴火前の海岸線は現在の国道一三五号線と伊豆急行線の間くらいの位置だったと推定しており、城ヶ崎海岸付近では海に向かって二キロメートル以上も陸地が広がったはずだと述べている。教授が「伊東市南部の地形を平坦にするための大造成工事」と呼ぶこの数々の噴火活動の結果、ざっと計算しても、数百万坪の国土が新たに誕生したことになる。

火山の噴出には割れ目やすき間ができやすく、そこに蓄えられた地下水は貴重な水資源となる。「鉢ヶ窪と馬場平《ばばのたいら》の両火山の噴出物中にたくわえられた地下水は、伊東市の上水道の源となっている」（前掲書）のだ。

そればかりではない。溶岩によって生まれた入り組んだ海岸線は格好な漁場を形成した。週末ともなれば釣り三昧の人々が大挙して押しかけ、岸壁や巨岩の上から釣り糸を垂らして至福のひとときを送る。

街中の寿司屋や小料理屋でも、カウンターに座れば、ご主人からひと声かかる。

「アジとヤリイカ、そう、このヒラメも今朝伊東港に揚がったものですよ。鮮度もいいし味は極上、一つ握りましょうか」
これぞ伊豆住まいの醍醐味、財布の紐が緩む一瞬である。

地球の営みが引き起こす地震と津波

日本列島には、天が与えたもう一つの贈り物がある。ありがたくもないが、地震と津波だ。子供のころ怖いものの喩《たと》えとして、「地震、雷、火事、親父」と言ったものだが、中でも地震はダントツに怖い。二万人近い人命を奪った東日本大震災が、その怖さを再認識させた。伊豆半島自体は地震多発地ではないが、駿河湾以西でも、相模湾沿いでも、フィリピン海プレートが陸のプレートの下に沈み込んでいく境界が延々と続き、そこに生み出されるエネルギーが巨大地震を引き起こしてきた。

今日、最も注目を集めているのが「南海トラフ巨大地震」。発生すれば東日本大震災を上回る、国難ともいえる巨大地震になるだろうといわれる。

南海トラフ巨大地震は、過去の事例から推測して、百年〜百五十年周期で発生するという予測が定説とされてきたが、二百年程度と考える方が自然だとする見解もあり、確定的なことはいえないらしい。だが、直近の地震からすでに七十年以上がたった。

フィリピン海プレートとアムールプレートとのプレート境界の沈み込み帯（南海トラフ）沿いが地震域である。この地震域は、駿河湾から遠州灘、熊野灘、紀伊半島の南側の海域および土佐湾をへて日向灘沖まで広範囲に連なっており、駿河湾はその東端に位置している。震源地の位置にもよるが、地震が発生すれば、伊豆半島西海岸はかなりの影響を受けるに違いない。

東海岸への影響については十分な判断資料が手元にないが、一八五四年（安政元）に発生した安政地震では、「下田の方で大きな被害が出ました。一方、伊東では船が流されるなどの被害はあったものの人的な大きな被害は出ていません。江戸時代の地震の様子を見ると、南海地震では伊東は大きな被害があまり見られないようです」（「過去の自然と災害に学ぶ」矢島有希彦・『伊東の今・昔』第十一号）という。

一方、下田ではこの地震で大津波が押し寄せ、町内の家屋はほとんどが倒壊流失し、多くの死者を出した。たまたま港に停泊中だったプチャーチン提督のロシア艦船・ディアナ号が大きく破損するハプニングも起きた。ディアナ号は後日修理のため戸田《へだ》港に向かって曳航《えいこう》中に沈没している。

過去の記録を見ると、伊豆半島東海岸が受けた大きな被害は、「相模トラフ大地震（関東地震）」によるものがほとんどである。南海トラフ大地震同様、プレート運動によって引き起こされた地震だ。相模トラフは、相模湾西部から房総半島南方三〇キロメートルを通り三宅島東方二〇〇キロメートル付近まで続くプレート境界で、地震はこの北側の領域を震源域として起きている。

近年では、一七〇三年（元禄十六）の元禄地震（マグニチュード八・一〜八・五）と一九二三年（大正十二）の関東大震災（マグニチュード七・九〜八・三）がその顕著なものである。関東大震災では、伊東町、宇佐美村、小室村（現在の伊東市は当時一町三村に分かれていた）で、流出家屋四九八、全壊家屋二百五十六、半壊家屋五百三十七を数えた。伊東町だけでも死者八十七名、負傷者二百六十四名に上っている（数値は『伊東市史　別編　伊東の自然と災害』による）。

相模トラフ大地震はおおよそ二百〜四百年間隔で発生してきた。

繰り返すが、地震や津波は確かに恐ろしい。物的被害に留まらず、遠慮会釈なく人の命を奪い去ってゆく。だが、日本を捨てて、あるとすればどこか安全な国にでも移住しない限り、この恐ろしさからは解放されない。

皮肉にも、日本列島に伊豆半島をプレゼントした地球の営みと、伊豆半島周辺で地震を引き起こす原因は同根なのだ。

以前、伊東市内に住むタクシーの運転手さんとゴルフをしたとき、その運転手さんが、「老後の住まいとして、どうして伊東を選んだのですか」と私たちに質問した。私も含めてパートナー三人はみな首都圏からの移住者だった。運転手さんは続けて言った。

「先日、地質学を教える大学の先生を乗せたんです。伊豆に土地を買ってる先生です。そこで同じ質問をしたところ、『伊豆は地盤がしっかりしているから、あまり気にしないさ。それに日本中どこだって、危険と言えば危険だからね』と言ってましたよ」

さすが地質学の先生、要領を得たいい返事をしたものだ。私が先生との会話の場にいれば、その後こう聞いただろう。

「先生は津波の心配のない高台を選んだんでしょう。でもねえ、昔から海辺に住む人たちはどうしたらいいですか」と。

東日本大震災以来、各地の海岸線を旅すると、至るところで「海抜〇〇メートル」と書いた看板や、避難経路を示す標識が目立つようになったし、防災訓練も各地で熱心に実施されているようだ。予算内でできることは、いずれの行政機関でも積極的に取り組んでいるに違いない。だが、防潮堤だとか地盤のかさ上げや高台移転となると、膨大な費用がかかる。被災地でさえ、まだ道半ばである。

では、日本列島の住民は地震や津波にどう対処したらいいのか。私はその答えのヒントを求めて前章で書いた三陸海岸の旅に出たのだ。

険阻な地形と脆弱な交通網

日本列島にはいくつかの名だたる半島がある。本州だけに限ってみても、北端に位置する下北半島と津軽半島。太平洋側では房総半島、伊豆半島、それに紀伊半島の三つ。日本海側では能登半島が際立っているが、小ぶりながらも魅力たっぷりの男鹿半島もつけ加えておきたい。私は、これらすべての周遊旅に出ているが、いずれも個性豊かで見どころも多く、半島ならではの旅を満喫した。

「半島の旅」といえば、ぐるっと一周するというのが、私にとっては欠かせないイメージである。数県にまたがる紀伊半島は、本州の一角を延々と旅する感覚だから、「半島の旅」という印象からは程遠い。

「半島の旅」に出るに当たっての大切なチェックポイントは、現地までのアクセスと半島内の交通手段だろう。周遊する列車やバスはあるか、道路はどの程度整っているかなどなど。

日本列島の地図を開いて俯瞰《ふかん》してみてほしい。「旅の魅力」という観点はさておき、多数の日本人が最もアクセスしやすいのは、言わずもがな伊豆半島だ。列車の玄関口・三島と熱海には新幹線が止まり、道路の玄関口・沼津には新旧東名高速道路のインターが控える。房総半島も首都圏に近いが、西日本から見ればちょっと奥座敷、それも行き詰まりの感がある。下北半島も能登半島も「旅の魅力」では一流だが、気軽に出かけるには少し遠すぎる。

伊豆半島は良いことずくめではないか。

だが、賛美の歌声はここまでだ。玄関口から先の交通事情が貧弱で、「半島の旅」を期待する多くの来訪者に十分な満足感を提供するには程遠い現状なのだ。

列車の場合、ＪＲと伊豆急が相互乗り入れをしているから、首都圏からの来訪者は下田までは快適な小旅行を楽しむことができる。でも、下田から先の交通手段が貧弱で、行き詰まり感が強い。一、二泊して同じ道を引き返す人が多いのではないか。

自動車を使えば、選択肢はぐんと増える。建設中の伊豆縦貫自動車道（完成すれば沼津インターと下田を六〇キロメートルで結ぶ）を往路か復路に利用すれば、東海岸とつなげて、ある程度は変化にとんだ車旅を実現できる。しかし、風光明媚な西海岸を外すのは何としてももったいないし、「ぐるっと一周する」半島旅の醍醐味も半減してしまうのだ。

考えてみれば、伊豆半島のこうした交通上の弱点は、天与のものである。百万年前、はるか南方海上からやってきたこの半島はいわば火山の塊であった。今では小型火山の群れがゲリラ的な小噴火を繰り返す時代に入っているが、地形が大変厳しいのだ。半島全体が険しい山々におおわれ、海岸線近くまで尾根が迫っており、特に駿河湾側でこの傾向が著しい。両岸とも片道一車線のくねくね道路一本である。

平坦地といえば、半島のつけ根、沼津・三島の両市から伊豆の国市にわたって広がる田方《たがた》平野だけである。しかし、地理上あるいは行政上の区分は別として、この地域は太平洋ベルト地帯を結ぶ交通行政の恩恵に浴しており、住民も行政も「伊豆半島人」としての意識は乏しいのではないか。

伊豆半島への鉄道路線誘致運動は古くからあった。当初御殿場経由だった東海道線を、熱海経由（熱海と三島をトンネルで直結）に切り替える構想は明治時代からあり、一九二五年（大正十四）には熱海駅が開業した。伊豆半島、特に東海岸の人々にとっては、伊豆半島への鉄道線延伸のチャンス到来と映ったであろう。すでにそれに先立って、一九一七年（大正六）には、伊東町長が町民多数の署名を添えた伊東熱海鉄道敷設請願書を持参して、鉄道院総裁に請願している。その請願書の起草者が、当時伊東町内に広大な別荘を構える北里柴三郎博士だったことも、今となれば興味深い歴史の一齣だ。

こうした努力がようやく実り、一九三八年（昭和十三）末になって国鉄伊東線が開通したのだが、日本全体の鉄道敷設状況から見れば、かなり後塵を拝しての開通であった。丹那トンネルも名だたる難工事だったが、わずか一六キロメートルの来宮～伊東間には大小六つのトンネルを掘らねばならず、こちらも膨大な費用を伴う工事だったのだ。ちなみに前述の田方平野を走る駿豆鉄道（現伊豆箱根鉄道駿豆線）は一八九八年（明治三十一）開業し、順次延伸して、一九二四年（大正十三）には修善寺まで全線開通している。伊東線より十四年も早いのだ。

道路についても同様で、改善は遅々とし進まず、他地域に比べ大幅に遅れた。海岸線に沿って熱海と伊東が乗合自動車で結ばれたのは、一九二五年九月である。これに先立ち一九一六年（大正五）には東海道と下田を結ぶ天城越えの定期便が始まり、翌年五月、大仁～伊東を結ぶ冷川峠越えの路線が開通した。もっとも、「定期の乗合自動車と言っても、当時はまだ大型バスではなく、ビュウイック型乗用車三台で発足した。伊東大仁間を一日二往復、片道一時間半をかけて、普通料金が二円」（『伊東の歴史風土』加藤清志著、サガミヤ選書13）であった。

時代は下ったものの、こうした道路事情の遅れは二十一世紀を迎えた今日でも解消されたとは言いがたく、住民にとっても旅人にとっても不満の種である。

私自身も、かつて首都圏から半島東海岸に向かうとき、小田原以南の道路がせめて片道二車線道路にならないものかと思ったものだ。

天は確かに近代交通網を阻害するような険阻な地形を伊豆半島に与えた。だがよく考えてみると、この険阻な地形はすべてにわたってマイナスなのか。交通不便がもたらす「恩恵」はないのか。答えは最終章に譲る。

ジオパークの未来に期待する

二〇一八年四月、伊豆半島が「ユネスコ世界ジオパーク」として正式に認定された。

この認定に向かって日本ジオパーク委員会や静岡県などが続けてきた地道な運動が実を結んだのだ。伊豆半島の行政や関心ある住民、それに地質学者たちもこの運動の一端を担ってきた。

ユネスコ世界ジオパークには、日本からすでに八つの地域が認定されており、伊豆半島は九番目の認定となった。認定された年月順に挙げると、洞爺湖有珠山、糸魚川、島原半島、山陰海岸、室戸、隠岐、阿蘇、アポイ岳、伊豆半島の各地である。世界では、二〇一八年四月現在で、三十八か国、百四十か所が認定済みとなっている。

この事業は、二十一世紀の幕開けと同時に始まったばかりのまことに新しい事業形態である。ジオとは「地球・大地」、ジオパークは「大地の公園」を意味する。

日本ジオパーク委員会によると、ユネスコ世界ジオパークは、「国際的な地質学的重要性を有する地層、岩石、地形、火山、断層などの地質遺産を保護し、科学・教育・地域振興等に活用することにより、自然と人間との共生及び持続可能な開発を実現することを目的とした事業」である。もう少しくだいていうと、大地の遺産を守り、科学や教育に役立て、こうした遺産を楽しむジオツーリズムなどを通して人との共生を進め、地域の経済を持続的に活性化する事業ということになろうか。

難解な定義だし、よく読んでもまことに高尚、かつ専門的な事業である。研究者好みの運動といってはいささか言い過ぎだが、目先の利益を追う人間（その典型は多くの場合政治家だが）にどれほどの理解があるか、疑問符がつく。

ちょっと脱線することをお許し願いたい。

ジオパーク事業がスタートしたまさに今世紀初めごろから、世界各地で蠢《うごめ》き始めた自己（自国）中心の発想は、いろいろと形を変えながらも世界各地に伝播《でんぱん》しつつある。ヨーロッパ各地では移民排斥運動として、アメリカでは「アメリカファースト」を絶叫する群集のうねりとなって、燎原の炎のごとく燃え広がっている。根は相当に深く、こうした現象を一時的なものとして片づけるわけにはいかないだろう。

そこまでは分かった。でもひょっとしてこの炎は近現代を通じて育ててきた人類の知性や理想をも焼き捨てて、人類を過去の世界、争いの世界、分断の世界へ引き戻してしまうのではないか。あり得ることだ。だが、人類の英知はどこかでブレーキをかけ、踏みとどまって、再び未来志向に戻ると信じたい。

ユネスコについてもときおり目先の政治論争に巻き込まれ、アメリカが脱退するなど、もめ事が尽きない。ユネスコは、第二次世界大戦の反省のもと、「教育や文化の振興を通じて、戦争の悲劇を繰り返さない」という理念のもと、人類の理想を追う国連機関として一九四六年設立された。以来七十数年にわたって数々の事業に取り組んできたし、世界遺産条約に基づく「世界遺産リスト」への登録などおおむね世界中で親しまれてきた事業もある。日本でも最近では富士山の登録運動で大いに盛り上がった。

もめ事にもそれなりの言い分はあるだろうが、理想の灯を消してはならない。

ジオパーク事業に話を戻そう。こうしたユネスコの活動の中でも、ジオパーク事業はより専門的かつ理想主義的である。その上、世界遺産のような地域資源の保全・保護という主題に加え、「自然と人間の共生や地域の持続可能な発展」というより行動的な目標を掲げている。「地層・岩石・地形・火山・断層」など地質遺産を対象とするから、庶民にとってはちょっと近づきがたい思いが残る。

それでも、伊豆半島が「ユネスコ世界ジオパーク」として正式に登録されたことは、地元住民としてはまことに喜ばしいこととしておきたい。

ジオパークの拠点・ジオサイトは、伊豆半島全体に散りばめられているが、わが家の周辺にはその中でも指折りのサイトが目白押しだ。私の日ごろの散歩道・一碧湖や大室山はその代表格だし、友人を連れてときおり訪れる城ヶ崎海岸も週末は観光客であふれるほどにぎわっている。川奈ホテルやゴルフコースも、火山活動が生み出した溶岩台地あってこその存在である。夕食膳を彩る海の幸も溶岩が生み出した複雑な海岸線や良港のおかげかもしれない。

ジオサイトの現場を訪ねてみると、地殻変動や火山活動がもたらした痕跡が随所に顔をみせ、地球の営みに改めて感動する。

私は、ある日思い立って、下田港を相模灘から守るようにして南につき出た須崎半島に出かけた。最初に訪ねた爪木崎は、早春を彩るスイセンの大群落で有名だが、海岸線沿いに連なる遊歩道にも捨てがたい味わいがあった。しっかりと整備されているから、散歩気分でのんびりと歩くにはもってこいの径だ。この遊歩道を南下していくと、爪木崎灯台の近くになって柱状節理の一群が眼に飛び込んできた。柱状の溶岩がずらっと立ち並び、異様な壁を成している。柱状節理はマグマや溶岩が冷えて固まるときの収縮によってできる大自然の芸術品で、断面は規則正しい六角形を成している。形成過程はさまざまだが、この地の柱状節理は海底火山の噴火で堆積した地層の中にマグマが入り込んで冷え固まったものだという。南方からやってきた伊豆半島が本州に衝突して隆起したとき、一緒になって地上に姿を現した。

私はこれまでにも福井県の東尋坊や北アイルランドのジャイアンツ・コーズウェーでその姿を見ているが、世界遺産として認定されている後者は、桁違いの大きさと広がりを備えていて、思わず息をのんだ記憶が鮮明に残っている。

遊歩道の終点・須崎半島の南端に連なる恵比寿島にも見どころが待っていた。小ぶりの島だが、先端に向かう途中の崖に刻まれた横縞模様が地球活動の古を語りかけてきた。海底火山から噴出した火山灰や軽石、あるいは土石流などが作り出した地層の年輪だ。島の先端に出ると、海水運動によって浸食され、さらに隆起によって地上に姿を現した平べったい海食棚が広がっていた。伊豆半島東海岸のところどころで見かけるなじみの風景だが、耳を澄ましてたたずんでいると、百万年前、はるか南の海域からやってきたフィリピン海プレートが耳元でささやいた。「目先の得失を追う人間などにまどわされずジオパーク運動に協力してくださいよ」と、まあそんなことを訴えていたらしい。

ジオパーク事業はちょっと高尚で専門的ではあるが、地元住民が広く参加して推進しなければ進まない。自然を大切にする心が基本だが、地元資源を有効に生かそうという教育や地場企業の積極的参加がなければ、停滞したままだろう。現地を訪れる観光客への働きかけも大切だ。

ジオパーク事業の将来に栄光あれ。

Ⅶ 続・伊豆の友人たち

須崎から恵比寿島へ向かう遊歩道

自分流を貫き通す風流人

伊豆高原に住む宮内和雄さんは私の二年先輩。自分流を貫き、飄々《ひょうひょう》として人生を生き抜いてきた。

「私って、いい加減な人生でね、今でいうフリーターみたいな生活してましたよ」

一流大学を出たものの就職活動などほっぽり投げて、上高地を拠点にして、槍・穂高・常念など北アルプスの峰々に入りびたり、自然公園指導員として不心得者を取り締まるかたわら、高山チョウの観察に没頭した。

だが、運のいい人にはチャンスが舞いこむものだ。縁あって三十歳になった一九六一年、伊豆急行電鉄に途中入社する。伊東~下田間を列車が走り出す半年前という絶妙なタイミングだった。

配属された開発部旅客誘致課は、いかにして乗客を増やすかが仕事だったから、宮内さんは水を得た魚のように東奔西走した。下田周辺の遊歩道、例えば弓ヶ浜からタライ岬をへて田牛《とうじ》海水浴場に至るコースとか、爪木崎から須崎をへて恵比寿島に至るコースなどはそのころ造成されたもの。観光客を呼び込むための仕掛けだった。宮内さんはその推進役。おまけがついて、

民宿発祥の地の石碑

下調べ中、弓ヶ浜の先の海岸で崖から海に転落して、すべての歯を失う大怪我をしている。

「よく助かった。私の歯は全部入れ歯ですよ。でもねえ、遊歩道のこと、メディア対策も担当だったから出版社をうまく巻き込んで、宣伝記事にもしましたよ」

「恵比寿島一帯は釣り人が殺到する穴場です。でも宿がなかった。宿を掘り起こすのも旅客誘致課の仕事。周囲の漁師の家に頼んで、『民家の宿』と命名して宣伝しました。一泊二食付きで四八〇円だった。これが大当たりしてブームになりました。やがて『民家の宿』が詰まって『民宿』と呼ぶようになった。現地には『民宿発祥の地』という大きな石碑が立っていますよ」

宮内さんの言である。宮内さんは、当時、山と溪谷社や実業之日本社が発行した伊豆のガイドブックにも執筆者の一人として名を連ねている。文章も達者だ。

若い時代の宮内さんは老人キラーだったに違いない。いい意味で上司の懐に入る術を心得た人だった。こうした人柄が人生の道を拓き、出世にもつながった。東急の総帥・五島昇に自分の庭の山野草を進呈したり、某大物幹部に気に入られ、北海道や屋久島まで同行して遊んだり。本人は「同僚から妬《ねた》まれましたけどねえ」とすまし顔だ。

六十四歳でリタイアした後も、「伊東自然歴史案内人会」会長やいろいろな諮問機関のメンバーに名を連ね、多忙な日々を送ってきた。

趣味も多様。少年時代からチョウの研究にのめり込んで、いっとき「フリーター」もどきの人生を送った人だから、伊豆に移ってからも、半島中のチョウを研究し尽くしたあげく、本まで書いた。植物についても造詣が深い。仕事の合間を縫って庭中に山野草を植え込み、有名雑誌のページを飾ったこともある。

宮内さんはチョウについても植物についても私の師である。特に山野草については手とり足とりで、一から教えていただいた。おかげで、わが家の庭の植栽もここ五、六年、園芸種中心から山野に自生する草木へと変貌を遂げてきた。

宮内さんは四十九歳の時、奥方に先立たれた。高校一年の娘と中学一年の息子をかかえて、相当の苦労を味わったに違いない。が、多くを語らない。それからほぼ四十年間、子供たちが巣立ってからでも三十年近く、いっとき再婚も試みたが、ほぼ独り暮らしを続けてきた。

その宮内さんも今年（二〇一九年）米寿の祝いを迎えようとしている。いつも冗談を飛ばしながら明るく振る舞っているが、ふとしたときの表情に孤独の影が現れる。

早春のある日、宮内家を訪ね、二人で飲んだ。

「最近ふらふらっと目まいがすることがあってね。娘の順子が心配して、ほら、あんなものを……」

指さす部屋の片すみに見守りカメラが取りつけてあった。

「いいお嬢さんがいて幸せですね。次回は一緒に飲みましょう」と私。

酒がすすみ、例によって、思い出話が始まった。

「よくぞ登ったものだと思いますよ。みんなに荷物持ってもらって、何とか頂上までたどり着いた。寒さに耐えてじっと待ったのもよかった。雲の合間にひょっこり奥穂高岳が顔を出したときは、本当に感激しましたねえ。菅さん、覚えていますかぁ」

宮内さんも私も何とか七十歳代に踏みとどまっていたころ、伊豆昆虫談話会のメンバー七人で北アルプスの蝶ヶ岳（二六六七メートル）に登ったときの思い出話だ。酔うと必ずその話になる。

昆虫や植物の研究では人後に落ちないが、登山となるとやや格落ちする面々だった。でも早朝山麓を出発し、標準タイムの倍かけて午後二時、蝶ヶ岳ヒュッテのある稜線上に立った。梓川をはさんだ対岸には、屏風岩の陰から涸沢《からさわ》カール（氷河圏谷《けんこく》）がこっそりとこちらを窺っている。だが、肝心の穂高連峰は雲間からかすかにその輪郭を見せるのみ。ここは我慢とばかりケルンを背にして座り込み、寒さに耐えながら雲の去るのを待った。果たせるかな、午後も四時を回ったころ、槍ヶ岳がひょっこりと顔を出し、穂高連峰も槍に遅れじとその全容を現した。どよめきとともに拍手喝采が起こった。

部屋に入って酒を飲む。小生、二番目の高齢者ながら、背負ってきたジャックダニエルのリッター瓶を差し出し、栓を開けた。疲れているし、腹ペコだし、誰もがすぐ酔った。いつものことだが、宮内さんが歌い出した。十八番《おはこ》の歌だ。

「そう、あの時も『山小屋の灯』を歌ったなあ。あれ、米山正夫作詞作曲でしてね、昭和二十二年のラジオ歌謡だった。ちょっと、歌っていいかなあ」

宮内さんは三番まですべてそらんじていて、一人静かに歌い続けた。

黄昏の灯は　ほのかに点りて
懐しき山小舎は　麓の小径よ……

ふと思った。彼方にいる順子さん、あの見守りカメラで父親の歌う姿を見ながら、微笑んでいるに違いないと。そう思うと何とも幸せな気分になって、私は次の徳利に手を差し伸べていた。

夢を追い続ける改革者

「伊豆昆虫談話会」という会がある。前項で書いた蝶ヶ岳もこの会員仲間での登山だった。十三年前、新聞に載ったのがご縁で、私もメンバーになった。

当時は発足したばかりの会で会員はひとけた。会長に担がれた宮内さんこそチョウや山野草のプロだが、会を取りしきる篠嶋事務局長は駆け出しの半プロ、あとは素人ばかりだった。「自然大好き人間」というのが唯一の共通点、でもこの絆は結構しっかりしているやに見えた。篠嶋さんはJR時代労務畑に身を置いた鉄道マンで、馬力があった。シャッポとなった宮内さんの人徳と篠嶋さんの馬力で、いっとき会員が三十名近くまで増えた

こうした趣味の会ではよくあることだが、数年後仲間割れが起こり、多くの友人たちが去っていった。皆個性豊かですばらしい人たちだったが、所詮私的な趣味グループ内の出来事。そ

れはそれでいい。

現在、事務局長として会を取り仕切るのは伊豆市筏場でわさび園を営む塩谷和弘さんだ。リタイア後も、わさび園の経営に加え、広く地域活動にも携わり、めっぽう忙しい。ギターの名手で音楽グループを主宰し、ときおりチンドン屋に扮して街を練り歩く多才ぶりだ。

その会員の中に、大地にしっかりと根を張って、しなやかに日々を送る人がいる。その一人が、東伊豆町で自然農園「丸鉄園」を営む太田鉄也さん。一九三八年（昭和十三）生まれの八十一歳だ。

先々代が先見性に富んだ事業家だった。養蚕業が盛んな時代だったが、いろいろな事業に手を染め、オレンジの価格が高いことを知ると、桑畑の中にその苗木を植えた。一九〇四年（明治三十七）ごろに植えたオレンジが、そのあと二代目三代目と子孫を残し、「丸鉄園」の基礎を築いた。

後継者となった鉄也さんも三十歳を前にして、青年農業者海外派遣事業に応募して、アメリカに渡った。現地で自分の希望を通すため自費参加とし、三か月ビザを四回延長して、一年間カリフォルニアのオレンジ農場で働きながら技術を学んだ。

鉄也さんは、「農業は四季を通じて学ばなければ、全体像がつかめません。でも一日一四ドル五〇セントもらったから、生活には十分でした」と言い、そして「ミカンとは一生のつき合い」だとも言う。

それでも価格が低迷しがちなミカンだけに頼っていては将来が危ういと考え、多角経営を目指した。イチゴ園や陶芸教室を開き、イワナやマスを養殖して釣り堀を営み、これらを食材にしたレストランを園内に設けた。農業自体でも斬新なアイディアがあふれる。早くから農薬を使わない自然農法に切りかえ、組織を通さない直売方式も試みてきた。挑戦意欲満々、常に時代の先端を歩んできた人だ。

三年前、関東学園大学（群馬県太田市）と契約し、同校の現場実習場所として毎年多くの学生を受け入れる事業も始めた。対象は経営学部の学生。広い視点から「農業」を実習し理解してもらおうという試みらしく、次のように言う。

「一次産業どまりでは利益が少ない。加工業や流通・販売まで取り入れた六次産業化がこれからの伊豆半島の農業の姿だと思います。学生たちは、農協や商工会議所なども訪ねて、経営全体を学んでいるようです。東伊豆町はもともと温泉と観光の街、『観光農業』にとってもうってつけの立地でしたから」

中でも「丸鉄園」は、規模といい熱川駅からの距離といい申し分ない条件を備えている。鉄也さんはまさに観光農業の先駆者なのだ。

伊豆昆虫談話会は年一回の総会を、毎年四月、丸鉄園で開く。

会員は、総会前にひとしきり園内を散策する。その折、頂戴したキジョランの苗が今ではわが家の庭のあちこちに広がり、ときおりアサギマダラが飛来するようになった。園内に自生していたノイチゴも頂戴したが、これもグランドカバーとしてわが家の庭で活躍中だ。

数年前の総会の時ハプニングが起こった。毎年、総会後の昼食時、園内で採れる見事なタケノコが皮ごと焼き上げられて食卓に並ぶ。そのタケノコを調理中に、和子夫人が心筋梗塞で倒れたのだ。日ごろ穏やかな鉄也さんもその時ばかりは大慌て。早速手配して、ヘリコプターで伊豆長岡の順天堂病院に運んだ。

「対応が早かったので、おかげ様でこんなに回復しました」

後日再会したとき和子さんは静かに言った。以前より少し動作が緩やかになったようだが、ほぼ完璧な回復だった。その和子さんを交えて、あるとき、世間話をした。鉄也さんの人柄の話になったとき、和子さんが事もなげに言った。

「この人、無味乾燥、空気みたいな人ですよ」

鉄也さんは聞き流すように

「そうか……なあ……」とつぶやくばかり。

鉄也さんは剣道の高段者、今でも練習に励む。一芸に秀でれば、それも武道ともなればなおさらのこと、己を表現するのに多言を要しないということか。そこで私はすかさず、「あなたの長所は?」と聞いてみた。一呼吸して鉄也さんはポツリとひと言。

「嘘が言えないところかなあ……」

親譲りの土地は一万五千坪。ミカン畑やイチゴ園を囲むように自然林が繁茂し、点在する竹林の緑が美しい。園内を流れる清流を活かした養殖池にはイワナやマスが泳ぎまわり、園全体が楽園の趣きに満ちている。

ぼつぼつ悠々自適に暮らしてはと思うが、鉄也さんは「丸鉄園はお客さんからたくさんのことを学びながらここまで来たんです。だから、あと五年は頑張りたい」と言って憚らない。まじめ一徹、作業着姿で園内を走り回る日々が続く。

どっしりと大地に生きる老婦人

大地にしっかり根を下ろして生きる友人がもう一人いる。伊豆市に住む川口きよみさんだ。伊豆昆虫談話会の常連メンバーで、会合にはいつも顔を見せ、昼食会ともなれば、手作りの煮物や漬物をどっさり持参してみんなに振る舞う。

ある日、きよみさんからいただいた野菜のお礼に親戚筋の茶園でつくった新茶を送ったところ、筆字で書いたこんな礼状が届いた。

「私今日は水田に入って、田の草取りを致しました。最近水田に入る人も少なくなりましたが、草が見えますと、大変でも気になってつい！　でも、つかれた！って言って家に入りましたら、送り物、おどろいて、でもつかれを忘れる程うれしい、ありがたい送り物でございます。本当にありがとうございます」

一九三五年（昭和十）生まれ、ぼつぼつ八十歳代半ばに差しかかる老婦人だが、「わたしは百姓だからねえ」が口癖で、毎日のように畑仕事に出るのが日課らしい。

きよみさんが中伊豆町八幡《はつま》（現伊豆市八幡）の川口家に嫁いだころ、集落内に報徳社（二宮尊徳が説き広めた報徳思想を信条とする公益社団法人）があり、家中が報徳思想の信奉者だった。

「里と比べると、随分平等な土地柄だと思いました」

ご主人もまじめな人柄で、三児をもうけ、幸せな日々を送った。ほどほどの田んぼと山林があり、シイタケ栽培で生計を支えた。農林大臣賞（二回）、林野庁長官賞（九回）など表彰を受けたこともしばしばだ。

川口家はいっとき巨峰の生産に本腰を入れた時期がある。

ブドウの歴史をひも解くと、静岡県田方郡にあった大井上理農学研究所で豪州品種と岡山県産の日本品種の交配が続けられ、試行錯誤をへて新品種が誕生、「巨峰」と名づけられた。戦時中、一九四二年（昭和十七）のことである。

戦後、狩野川《かのがわ》台風（一九五八年）から立ち直ろうという川口家の呼びかけで、八幡集落では、一九六〇年（昭和三十五）日本一を目指して巨峰と早生種オンタリオの生産が始まった。嫁いできたきよみさんも懸命に働いた。

「最盛期には生産者も二十八軒になりました。でもだんだん減って、最後はうち一軒だけになってしまって」

気候風土に優る山梨県などには太刀打ちできなかったのだ。それにしても、四十年間最後まで作り続けたところに川口家と若き日のきよみ夫妻の農民魂を見る思いがする。

ご主人も懐の深い人だったらしい。そのご主人の勧めもあって、きよみさんは伊豆の国農協の婦人部長や伊豆市の農業委員など公職につく機会も多く、仲間を増やした。仕事以外の友人にも恵まれている。シイタケ栽培で有名な土肥の朝香さんとは親戚づき合いだし、農協婦人部でハワイ旅行したとき知り合った現地の二世夫人Oさんとは二十年来の文通が続いている。

活き活きした文章を書く。さらりと綴った文章にも生活の息吹があふれ、リズムがあって、時には詩を読むような気分にもさせられて心地よい。

会報『伊豆の自然誌』にも、毎号チョウの観察記録を投稿するし、時にはエッセイも書く。その背景には、多くの読書があるに違いないと思っていると、運よくお便りを頂戴した。

「ここ一～二月のうち、読書は九月に伊東のさがみ屋で太宰治の『斜陽』と瀬戸内寂聴の『わかれ』を求めて読みました。『斜陽』は高校以来七十年ぶり、『わかれ』は寂聴さんの新しいエッセイで、私の好きな本で、面白かったです」

やっぱりそうだったか、文面に目を落としながら、私は改めて納得した。

きよみさんのもう一つの口癖も、自分をよく心得ていて、愉快だ。

「わたしって、おしゃべりなんですよぉ」

確かに、立て続けに次々とよくしゃべる。ときには目をつぶったまま、思い出すように人生を語る。

「主人は七十二歳のとき、山仕事の最中に事故で……」

長らく病床にあった川口家の両親を見送ってから続いた夫婦そろっての幸せな十年が、一瞬にして消え去った瞬間だった。

しばらく会話が途絶えたあと、私が口を切る。

「でも、毎日田んぼに出たり、お友達と出会ったり、今はお幸せですね」

「ええ、健康ですから。それにときどき絵を観に行くのが楽しみで。主人に代わって今は息子たちが連れて行ってくれるんです。今年も上野の森美術館まで『フェルメール展』を観に行ってきました」

ひと息入れて、きよみさんはこんな話をした。毎年、シーズンになると自分の山で掘ったタケノコを近所に配る。

「でもねえ、若い人は掘りたてのタケノコあげても喜ばないんです。湯がいたものをほしがるし、『おばさんの煮たのがいいわ』なんて言うし」

数年前、私も孫連れでタケノコを掘らせていただいた。きよみさんが自ら掘って次々と袋に入れるので、帰路につくころには大きな袋がいっぱいになっていた。

きよみさんは次男と二人暮らし。三百五十坪の敷地に広い家を構え、四季を問わず田畑に出たり、ご馳走をつくって友人を招いたり、絵手紙を認《したた》めたり。タケノコだって若い家庭にはおいしく煮込んで届けているに違いない。

きよみさんは来る日も来る日も幸せいっぱい、充実した日々を送っているのだ。

二人三脚で三百名山に挑戦中

伊豆昆虫談話会には、もう一人異色な人物がいる。本格的な登山家、丹羽忠昭さんだ。先に書いた北アルプス蝶ヶ岳登山ではリーダーを務めた。翌日早朝、私は丹羽さんに誘われて、常念岳をひと目見ようと蝶ヶ岳の頂を目指したが、その駿足を追うのに苦労したことを思い出す。

深田久弥に敬虔《けいけん》な想いを懐き続ける忠昭さんは、二〇一二年「日本百名山」最後の山・水晶岳（二九八六メートル、別名黒岳）の頂に立っていた。深田が、「文字通り北アルプスのどまんなかであって、俗塵を払った仙境に住む高士のおもかげをこの山は持っている」と書いた山だ。三〇〇〇メートル級の頂ながら、メインの縦走路からわずかに外れているゆえに訪れにくい山である。深田は続けて「縦走病患者は、この立派な山を割愛して、少しも惜しいとは思わないようである」と揶揄《やゆ》しているが、忠昭さんに関する限りこの指摘は当たっていない。結果論かもしれないが、忠昭さんはあえてこの山を最後まで残しておいた。そして「単独行は憧れではあったのですが、神々しい大自然の中に一人身を置くということが何故か怖かったのです」との思いを振り切って、独りこの山に挑戦したのだ。

忠昭さんの人生観は深い。

その背景の一つに、伊豆急行勤務時代の人生経験がある。七年間で百八十区画の分譲地を売りさばいた華やかな営業マン時代をへて、バブル期から同社が上場廃止に追い込まれる良くも悪くもハイライトの時代に、幹部として財務畑に身を置いた。財務は会社全体を把握できる頭脳部門。丹羽さんが望んでいた部署であったが、それだけに苦境の時代には辛酸をなめる。広く世を知り人の心を知った一時期だった。

もう一つの背景に、六十年に及ぶ山とのつき合いがある。高校時代から山岳部に所属し、厳冬期の岩稜にも挑戦した。大学受験に失敗したとき、丹沢山塊の主峰・蛭が岳に籠ったこともある。無言のままオべてを抱擁する山は人生最大の教師だったに違いない。

「困難を乗り越えたときの喜びとか、苦労を苦労と思わぬ心とか、みんな山が教えてくれたんですよ」

だから平地にいるときはいつも控え目、激しい議論を吹っ掛けられても軽くいなして、飄々としている。一方で、人の役に立つことであれば口には出さずとも黙々とこなす。

伊東市にはメンバー約八十人からなる「伊東自然歴史案内人会」がある。忠昭さんはそのうちの十五名ほどを束ねて「山登りの会」を主宰し、月一回のペースで伊豆半島の山々を中心に歩いている。あるとき小田原を起点にして、かつて吉田松陰も歩いた東浦路《ひがしうらじ》を、当時の道筋を確かめながら下田まで歩いた。

「昔の人は合理的な歩き方をしたものです。歩きやすいところを、できるだけ最短距離で歩いた結果、そこに自然と道ができました。そう思って地形を確かめ、古道を探し、ときには藪こぎしながら歩きました」

忠昭さんは今七十歳代半ば。六つ年下のせつ子夫人と、伊豆高原別荘地の一等地に家を構え、自由闊達に暮らしている。

「近所には意欲ある人が多いんです。新しい人生を送ろうと思って移住してくる人たちだから……」

せつ子夫人のこのひと言を耳にして、私ははたと気がついた。忠昭さんの人生観と思っていたものは、実は、夫妻で共有する前向きな人生観だったに違いない、と。

忠昭さんは日本百名山を登り終えたあと、次の百名山に挑戦中。「深田クラブ」（深田久弥のファン組織）が選んだ「日本二百名山」を中心に、難易度も考えながら選び、七割はせつ子夫人と二人で出かける。おかげでペースが上がり、すでに七十五峰を登り終えた。二百山達成は目前だ。さてその先をどうするか。夫妻はそろって、三百名山（一九七八年に日本山岳会選定）が目標だという。

面白い話がある。六、七年前、森吉山（秋田県）に登ったとき、せつ子夫人が先行していてクマを見つけた。数メートル離れたクマザサの陰の黒い物体。動いた瞬間二つの眼が光った。

「じいっーとこっちを見るんです。さてどうしようかと……」

一足遅れて追いついた忠昭さん、耳打ちされると、「通るよ、通るよ」とか何とかつぶやきながら一人クマの横をすり抜けて行ってしまった。

「私をおいて行っちゃったんです。でも、クマさん、かわいい眼をしてましたけど」

ここでも主導権は一〇〇パーセントせつ子さんが握っている。だが、忠昭さんを責めてはいけない。釣り三昧の長田さんも同じ森吉山山麓で親子連れのクマと出会ったとたん、一目散に逃げた。男は口先では強がりを言うが、心はみんな弱虫なのだ。それにしてもこの二人を目の当たりにして、クマの方が微笑んだのではあるまいか。

その晩投宿したのが、何と杣《そま》温泉だった。私たちが友人七人と投宿し、アユを肴に大宴会したあの温泉宿だ。宿の主人は
「クマと会ったらねえ、しっかり眼をみて、おしゃべりしたらいいんだよ」

と言ったとか。私は、親グマ並みに大柄なご主人を思い出して、あのご主人ならば言いそうなセリフだなあと思った。

丹羽夫妻は「新しい人生を送ろう」と、四年前から俳句を始めた。

「俳句をやって、言葉の面白さを感じるようになりました。文章の基本が隠れていますから」

と、せつ子さん。お願いして最近作を拝借した。出来栄えのほどは知らない。だが、両句とも先生の二重丸がついていた。

埋《うず》み火が仄かに灯る宴あと　　忠昭
山茶花は音を無くして散りしきる　　せつ子

ペンションを経営する遠藤夫妻

腕利きシェフのペンション経営

イトーピアA地区の一角、四百五十坪の敷地に堂々とした洋風の建物がある。ペンション・PROVENCEだ。左右対称形の建物の中央にエントランスを配し、スペインから輸入した瓦が風格を添える。

「建ててみて分かったことですが、ほら、せっかくの瓦がちょっとしか見えません」

とご主人の遠藤周一さん。でもあまり欲張りすぎてはいけない。屋根瓦が隠れるほどの高台にこのペンションは建っているのだ。客人は、庭先に配された子供用の遊具を見ながら程よい傾斜径を上ってエントランスの扉を叩く。

イトーピアA地区は、総面積七二万平方メートル、六百数十棟の住宅が並ぶ大型別荘地だ。メインロードには何軒かのレストランが並ぶが、自治会と管理会社の申し合わせで、原則、宿泊施設は禁止されている。

周一さんは、二〇〇一年（平成十三）、この地区では一等地にペンションを開業した。許可を得るための交渉や多額な資金手当など多くの関門を乗り越え、オープンにこぎつけた。

「やらしてもらうからには、ルールを守って、経営もしっかりしなければいけませんから」

周一さんは根っからのまじめ人間。自治会の役員も引き受けて地元に協力し、以来、経営も安定して推移してきた。

一九五三年（昭和二十八）下田に生まれた。国立清水海上技術短大を卒業後、料理人を志して上京、アマンドの洋食部門に入って修業を始めた。だが、もっと多くの料理法を学びたい、海外の本場の料理も味わって腕を磨きたいと模索する中、多くの先輩と出会い、助言をもらう。船に乗っての修業が一番だと勧められ、実行に移したのだ。以来ほぼ七年間、貨物船や時には客船にも乗って、世界各地を回りながら、研鑽を積んだ。タンカーのような大型貨物船の船員たちにとって何よりの楽しみは週二回供されるフルコースの夕食だ。このディナータイムこそ腕の見せどころだと心得、周一さんは心をこめて調理場に立った。船は世界中の主要港を回るから、各地の料理を舌で確かめながら修業に努めた。

陸に上がってからも、さらにいくつかの本格派ホテルで修業を積み、シェフとしての腕を磨いた。

まち代夫人は下田街道沿いの名湯・湯ヶ島温泉の生まれ。保母さんの資格を取り埼玉で仕事をしたあと、故郷に戻って地元で働いていたとき周一さんと出会い、結ばれた。

夫婦そろって楽天家で明るい。四人の子供に恵まれ子育てにも忙しい最中、次の人生を考え、ペンション経営に乗り出した。いっときイトーピアB地区でペンション（現・花べるじゅ）経営を試みたあと、一大決心して、現在地に本格ペンションを開業した。周一さん四十八歳、まち代さん四十一歳のときである。

私と遠藤夫妻とのつき合いは、今から数年前、職場時代の友人たちがわが家に集う年中行事の宿泊と宴会をお願いしたのに始まる。二十数年前から始まった懇親ゴルフの前夜祭だ。長らくわが家で開催していたが、八十歳を前にしてＰＲＯＶＥＮＣＥのドアを叩くことに。以来遠藤さん夫妻と意気投合し、おつき合い願っている。

調理場の仕事は仕入れも含めて周一さんの独壇場だが、その他はすべてまち代さんが担当する。この仕事がなかなか大変なのだ。九室ある客室の掃除から始まって、配膳や泊まり客との応対、時には怒られ役まで一手に引き受ける。

地元素材を巧みに生かしたすばらしい料理と笑顔を絶やさずお客に接するまち代夫人のもてなしで、ついついワインも進む。宴が開け、ちょっと千鳥足になって帰路につくころ、周一さんは先回りして駐車場に立ち、迎えの車が見えなくなるまで見送ってくれる。家まで送っていただいたことも。

PROVENCEは私の好きな散歩道の途上にある。週末はもちろん、週日でも何台かの首都圏ナンバー車が止まっていることが多い。宿経営の秘訣を聞いたとき、夫妻そろって同じ答えが返って来た。

「お客さんを笑顔で迎え、笑顔で送り出すことですかねえ」

これぞおもてなしの真髄か。私は、かつて中山道の旅路で出会った言葉「来る人行く人一期一会、出迎え三歩見送り七歩」を思い出しながら、うなずいていた。美濃路の太田宿に立つ古刹・祐泉寺で見かけたひと言だが、以来ずーっと心に留めている名文句なのだ。

周一さんは趣味人でもある。その趣味の第一に旅をあげる。船に乗っての修業時代三十か国近くを回り、旅の醍醐味を知ったのではないか。ペンション経営では長時間の旅はむずかしい。それでも頃合いを見てパッと旅立つ。時には独りで旅に出る。

周一さんがしばらく席を外している間に、まち代さんに聞いた。

「ご主人が一人旅に出たりして、あなたはお留守番ですか」

「二年前までおばちゃんの面倒を見ていましたから。でも優しい人でしたよ」

「ペンションの仕事、いつまでやるおつもりですか。跡継ぎは？」

「五年か十年か。部屋数を減らしてやろうかと思っています。末息子が向いているかなあ。でも海上保安庁勤務だから……」

「もう一つ話があるんです」と言って、周一さんが持ってきたのが、山と溪谷社の『ウッディライフ』（一九九七年八月刊）だった。自分で建てたというこじんまりしたログハウスの前で子供四人と一緒にくつろぐ若き日の遠藤さん夫妻の写真が、四ページにわたって掲載されていた。ペンション経営の前住んでいたという。

私は遠藤夫妻のしなやかな日常、そして決断して前へ進むエネルギーの源泉を写真の中に見る思いだった。

家族を大切にすること、そして楽観的に生きること。写真がそのすべてを物語っていた。その心がペンション経営への情熱となり、客人を大切にするおもてなしの振る舞いとなっているに違いないのだ。

六十五歳、いよいよ人生本番

「計画通り、六十五歳になったので、『東塾』を閉じました」

森田東・美恵子夫妻の語り口を耳にしながら、私は思った。この二人は今最も幸せなのではないかと。もう少し正確に言うと、「やるべきことはやった。これからは思う存分自分たちの道を歩みたい」という充実感があふれているなあ、と思ったのだ。

二人はともに一九五三年（昭和二十八）の早生まれ、伊東高校を一九七一年に卒業した同期生だ。高校時代に将来を誓い合った仲でもあった。

旧姓安武東さんは西伊豆土肥町の生まれ。お父さんの事業の関係で、いっとき長泉町に住んだ後、伊東に移って青少年時代を過ごす。学業優秀で中央大学法学部に進み、司法試験を目指したが、二十二歳の時肝臓を侵され、二年間療養生活を続ける。再起を期すが無理が利かず、司法への道をあきらめた。

森田美恵子さんは建築・木工業を営む森田家三女として生まれ、すくすくと育った。森田家は伊東では老舗の建築業者。先々代は棟梁として昭和初期の温泉情緒漂う東海館や松月院を建てたことで知られる。二人の姉が外に嫁いだこともあって、美恵子さんは青山学院短大を卒業すると、家に帰って家業を手伝っていた。

高校卒業からほぼ九年後の二十六歳のとき、二人は約束通り結婚する。東さんは美恵子さんの父親に請われて森田家への婿入りを決意、建築・木工への道を歩み始めた。この話を聞きながら、私は「東さんがその仕事を続けていたら、今頃はすばらしい建築士になっていただろう」と思った。良くも悪くも、ぶれることなく一つの道をまっしぐらに進む人だからだ。だが、森田家にもいろいろな事情があったようで、夫妻はいっとき家を出て、進学塾「東塾《あずまじゅく》」を立ち上げた。そしてこれが終生の職業となった。

塾の経営は順調だったらしい。東さんを知る親たちから「うちの子をお願いしたい」と頼られ、入塾者が後を絶たなかったのだ。

「塾生に恵まれて、多く子供を一流大学に合格させることができました。たまたまのことですが」

東さんはどこまでも謙虚に言うが、いっときの評判は相当なものだったと聞く。

二〇一八年（平成三十）に六十五歳になったのを機に、かねて夫婦で相談していた通り、塾を閉めた。

私が東さんと知り合ったのは十年ほど前、東さんが私より少し遅れて伊豆昆虫談話会のメンバーになったときだ。塾経営の傍ら、子供時代から好きだった昆虫類の研究に熱が入り始めたころだった。塾生に、「僕は君たちより、チョウやトンボを愛している」などと軽口をたたきながら、会合には欠かさず顔を出し、主要メンバーの一人となった。

この経験が東さんの二回目の人生の転機だったに違いない。以来、ここでもぶれることなく、伊豆半島の昆虫研究に明け暮れる日々が続いているからだ。トンボから始まった昆虫研究は、チョウに向かい、今はカミキリムシなど昆虫全体に広がっている。人脈もどんどん広がり、いつの間にか元日本鱗翅学会会長の高橋真弓さんと連れだって歩く仲となった。高橋さんは、その道の研究では右に出る人がいないほどだが、世事には全く関心を示さず変わり者で通っている個性派。八十代半ばになった今もネット片手に飄々としてアジア各地を歩き回っている。いまや「蝶聖」とまで呼ばれる高橋さんと連れだって出歩いているのだから、東流老人キラー術も相当なものだと感心する。私が、「あの有名な高橋さんの相棒になったなんて、すごいねえ」とからかうと、「いやいや、弟子の一人です」と謙遜するところが、東さんらしくて、心地よい。

実を言うと、私もこの東流老人キラーの虜《とりこ》になっている一人だ。私が収集したチョウの標本はすべて森田邸の倉庫に収まっていて、日常の管理から将来の処置まで引き受けてもらっているし、仲間内の飲み会には私の師・宮内翁とともに呼んでもらうし、虜にならない方がおかしいほど、私は東さんのお世話になっている。

東さんは、私の伊豆の友人では珍しく伊東市のど真ん中に住んでいるから、行政のこととか商店街の評判とか、いろいろと教えてもらうことも多い。ときには過激な言葉も口にするが悪気がないから毒がないし、私も斟酌《しんしゃく》して聞いているから益はあっても害はない。

前回の市長選挙のとき、「もう少し若ければ、菅さん立候補したら絶対当選したのに、惜しいなあ」などと真顔で冗談を言った。この人が言うと、何か真実味があるように聞こえるから不思議だ。私はこれを以て、東さんを老人キラーの名人と呼ぶことにしたのだ。

美恵子さんは、次第に老い行く両親の面倒を見続けた。最後の六年間は一日も家を空けられない日々が続いたが、それを乗り切った。東さんの両親も近所住まいだったので、姉夫婦とともに最後まで面倒を見た。

「何事にも動ぜず、地に足がついた考え方をする」というのが東さんの夫人評。尊敬の気持ちがこもっている。

美恵子さんの趣味はコーラス。毎週忙しく走り回り、舞台に立つことも多い。男性が少ないので、ときおり東さんも友人ともども引っ張り出される。

「この人引き出すと、友人がみんな来てくれるんです」

こうなると美恵子さんの独壇場、東さんは恥ずかしそうにつぶやいた。

「蝶ネクタイなんかして壇上に立ったんですよ」

美恵子さんが「みんな」というのは東さんの中学高校時代の友人、そうそうたる顔ぶれだが、少しずつ変わっていて面白い。

とにかく仲のいい夫婦である。いっとき東さんが天体観測に凝って、望遠鏡を次々と買った。「自分の趣味にお金と時間を使って、離婚の危機でした」という経験もへて、今日に至った。二人の絆をしっかりと固めてきたのは、美恵子さんのひたむきな努力があったればこそだと思うが、東さんの驚くほどの「まじめさ」がそれに呼応したのだろう。

新しいスタート台に立っての夫妻の感想を聞いた。

「子供に恵まれ、今、普通の生活ができる。こんな幸せは他にありませんよ」

Ⅷ　日本を陰で支える

下田市内に残るなまこ壁

律令国家時代、畿内にあった政治の中心は、次第に東に移り、十七世紀初頭以降江戸に居ついた。

地図を開いてみると、伊豆半島は東京・名古屋・大阪とつながるメガロポリスの一角にぶら下がるようにして太平洋に張り出している。日本のど真ん中、現代の視点に立てば位置としては申し分ない。近世にあっても、海上交通を使えば江戸とは至便、地の利を得た立地と言えた。だが陸路といえば、急峻な山々が立ちはだかり、長らく人々の往来を拒んできた。

地政学的視点に立って歴史をひも解いてみると、良くも悪くも、伊豆半島が背負っている運命的な条件が透けて見えてくるのだ。

流刑の地・伊豆国

七二四年（神亀元）、伊豆国は安房《あわ》、常陸《ひたち》、佐渡《さど》、隠岐《おき》、土佐《とさ》と並び遠流《おんる》（近流・中流よりも重い流刑地）の国の一つに定められた。

これに先がけ、伊豆への流刑は七世紀後半・天武天皇の時代から始まっていた。記録によれば、六七五年（天武天皇四）、三位麻続王《おみ》に罪があったとして因幡《いなば》に流されたのに伴い、その一子が伊豆島に流されたことを嚆矢《こうし》とする。

それにしてもなぜ古代伊豆国が流刑の地になったのか。静岡県史は次のように解説している。


天武〜神亀年間に伊豆半島と伊豆諸島からなる古代伊豆国がなぜ流刑国にされたかは、伊豆諸島が活発な活動を繰り返す富士火山帯にそって太平洋上に浮かぶ最北端の大島から南に、新島、利島、神津島、三宅島、御蔵島、八丈島の伊豆七島が連なり、その都からのはるけき距離とともに、火山活動を伴う険しい島嶼の地勢に理由の一つがあったことになろう。(『静岡県史　通史編1』静岡県史編さん委員会編)

伊豆国＝伊豆諸島と思えばわかりやすい。その地は佐渡や隠岐と比べても引けを取らないほどの僻地、畿内の人々の眼にはまさに異界ともいうべき辺境の地と映ったに違いないのだ。

しかし時代が下り、冒頭にあげた七二四年の規定に至ると、「遠流の国に常陸国や安房国が加えられ、島嶼の地勢がもはや決定的ではなく、伊豆国も流刑先が伊豆半島を含む伊豆国に変化したことを推定させる」(『静岡県史　通史編1』)ようになった。

奈良〜平安時代、伊豆への配流の記録は、県史の数えるところ、五十件以上に及んでいる。謀反の疑いをかけられたり、政争に敗れたりしたあと、伊豆送りとなった。

犯罪者として伊豆国送りとなった中で有名なのが修験道の開祖ともいうべき役小角《えんのおづの》（六三四〜七〇一）である。実在の人物であるが、伝えられる人物像は伝説によるため、現実離れしていて面白い。その伝説によれば、あるときこの役行者《えんのぎょうじゃ》が葛木山と金峯山の間に石橋を架けようと思い立ち、諸国の神々を動員してこれを実現しようとした。だが、葛木山の神が思うように働かない。そこで役行者は葛木山の神を折檻して責めたてた。耐えかねた神は、天皇に役行者が謀反を企んでいると讒言《ざんげん》したため、朝廷によって捕縛され、伊豆大島に流刑となった。役行者は、流刑先の伊豆大島から、毎晩海上を歩いて富士山に登っていたともいわれる。なじみの大島や富士山が登場するし、物語として読めば、気宇壮大な気分にもなる。

平安時代、政争に敗れた流人の一例として、貴族・伴善男《とものよしお》（八一一〜八六八）を取り上げてみよう。順調に出世の道を歩み大納言まで上り詰めた善男は、さらに大臣の地位を狙った。その時、応天門が放火されるという、いわゆる「応天門の変」が起きる。善男はこれを取り上げ時の左大臣・源信が犯人だと告発したが、逆に善男らの陰謀とする密告を受け、断罪される。善男は伊豆国、息子の中庸は隠岐国への流罪となった。

時代が下り、武家社会へ向かって大きく動き出したその黎明期、伊豆の地にあって、二十年にわたって雌伏の時を過ごしていたのが源頼朝だ。平治の乱（一一五九）に敗れて落ちのびる途中、頼朝は父義朝一行からはぐれ、囚われの身となった。清盛の継母池禅尼《いけのぜんに》のおかげで一命を拾い、伊豆に流されたのは一一六〇年（平治二）、頼朝十四歳の時である。

配流先は「蛭《ひる》ヶ《が》小島《こじま》」といわれる。現在の伊豆箱根鉄道の韮山駅近くにその遺跡が残る。だが、歴史的には「伊豆国の配流」と記録されるのみで、頼朝の伊豆国での流人生活に関する史料はほとんど残っておらず、フィクション性の高い『曾我物語』や後日書かれた『吾妻鏡』を参考にする記述がほとんどだ。

『伊東の歴史1　伊東市史』（伊東市史編集委員会・伊東市教育委員会編）では、蛭ヶ小島説を否定して、「平氏との関係が深かったのは、平重盛を領家に仰ぐ伊東氏である。源家の棟梁義朝の嫡子を流人として配流する先は、平家の忠実な家人である伊東氏しかなかったといえよう」と書き、伊東説を展開している。伊東市の住民としては、頼朝が少し身近になったような気もするが、ここではこれ以上深入りしない。

いずれにせよ、流人とはいえ頼朝は比較的安定した生活を送っていたと思われ、当初の厳しい監視が緩むにつれ、伊豆国中を自由に移動していたとみるのが通説である。

二十年にわたる流人生活の間に、頼朝は伊東祐親の三女八重姫と恋仲となり、男児をもうけて、千鶴と名づけた。伊東氏は平安時代末期から鎌倉時代にかけて伊豆国田方郡伊東荘（現伊東市）を本拠地とする豪族。領主祐親はそのとき京都にあったが、番役を終え、帰郷して初めてこれを知る。激昂した祐親は千鶴を淵に沈め、八重姫を他に嫁がせた。

伊東市役所境内に建つ伊東祐親の銅像

命を狙われた頼朝は、闇夜に乗じて伊東を脱出、北条氏のもとに身を寄せた。一一七七年（治承元、その前年とする説もある）頼朝三十一歳の時である。

北条氏は伊豆国田方郡北条（現伊豆の国市）を拠点とする中堅豪族。所領はさほどではないものの、国府のある三島に近く狩野川《かのがわ》流域を支配するという地の利が味方して、富強であったといわれる。伊東氏とは伊豆半島を南北に走る小山脈（現在伊豆スカイラインが走る稜線）を境にして、その北東に位置していた。

頼朝はこの地でも領主時政の娘・北条政子のもとに通い始め、女児をもうけた。これを知った時政は大いに驚き、二人の仲を裂こうとした。だが、最終的にはこの仲を認め、結果として、頼朝の挙兵に協力する道を歩んだ。以来、時政は鎌倉幕府の有力御家人となり、初代の執権となって、政治の中枢を握ることとなる。

それぞれの娘を巡って伊東祐親と北条時政がとった対応は、結果論ではあるが、大きく明暗を分けた。二つの出来事の間には十数年の時間差がある。時政は平家の権勢に何らかの陰りを読みとって頼朝に賭けたのか。それとも己の情念をぐっとのみこむ度量の持ち主だったのか。事実は小説より面白い。

伊豆配流の話となれば、日蓮上人についても触れねばなるまい。

一二六一年（弘長元）五月、日蓮を乗せた船が伊東の沖合に現れ、のちに「まないた岩」と呼ばれるようになった小さな岩に日蓮を置き去りにしていった。

そのとき日蓮は四十歳、幕府にとがめられ流罪となったのだ。この岩は、満潮時には波の下に沈んでしまう。間一髪だったが、運よく川奈の漁師・上原弥三郎に救われ、一か月にわたって弥三郎夫婦の手厚い世話を受けたのち、住まいを和田村に移した。以来流罪が解かれるまでの約二年間、その地で法華経を読誦しながら、教義についての著述にも精を出した。

日蓮が流罪となった理由を、先に、「鎌倉幕府にとがめられ流罪となった」と書いたが、その背景については諸説あって必ずしも定かではない。日蓮は『立正安国論』を著し、幕府に上奏したが、これが幕府政策を批判していたためとする記述が多い。だが、もともと日蓮はその熱心な布教活動もあって、念仏宗派と激しく対立していた。上奏後まもなく日蓮の草庵を念仏者たちが襲撃する事件が起きた。日蓮はしばらく下総に身を置いたのち、鎌倉に戻ったところを幕府にとらえられ、伊豆流罪となった。流罪決定に当たっては、幕府内部にもいろいろの考えがあったらしい。『日蓮大聖人の思想と生涯』（小林正博他の共著、第三文明社）で、小林は日蓮の言葉を引用しながら次のように書いている。

この表現からは、謀反の失というようなおおげさな罪状より、悪口をたたいて人心を惑わせている言動に対する讒言がさんざんになされていたことが処断へとつながっていったことを示している。そして、その誤解が解ければもはや流罪は成り立たないからこそ赦免となったわけである。

一二六三年（弘長三）、幕府はわずか二年で流罪を解いた。日蓮は鎌倉に戻って、布教を再開したのだ。

大名も城もない不思議な国

一五九〇年（天正十八）八月一日、徳川家康は旧五領（駿河、遠江《とおとうみ》、三河、甲斐、信濃）を後に

して、関東に移り、江戸を根拠地とした。関東といっても、実際は伊豆、相模、武蔵、上総《かずさ》、下総《しもうさ》、上野《こうずけ》の六か国、計二百六十万石余である。重臣たちの中には徳川氏が僻地に追いやられたと嘆くものもいたが、家康は「奥の国にもせよ、百万石の領地さえあらば、上方に切ってのぼらん事容易なり」と豪語したという。

伊豆一国はこうして徳川家康の領地となった。

家康は同年伊豆全域を統治するため、三島代官所を置いた。現在の三島市役所辺りがその跡地に当たるらしい。以来、ほぼ百七十年間、三島代官所は二十一代にわたる代官の下で、伊豆の治安と民政を掌《つかさど》った。

一方、これとは別に韮山の地に、韮山代官所があった。代官職は清和源氏大和源氏系の江川家によってほぼ世襲され、十八世紀前半のいっときを除いて、当主は代々江川太郎左衛門を名乗った。支配地域は、伊豆国の他、駿河国、相模国、武蔵国に及び、石高は管轄領域の変動に伴い一定しないが、五万～十万石に及んだという。

伊豆国支配についてのこの両者の関係だが、十八世紀半ばまでは、その大半が三島代官所の支配下にあった。ちなみに一六三一年（寛永八）の伊豆各地の代官の支配高（石高）を推計した一覧を静岡県史から借用すると、三島代官二万九千七百八十石に対し、韮山代官は四千八百石である。この他では、南伊豆の鉱山・農村を支配する竹村弥太郎一万四千三百四十石、稲取を支配する今宮惣左衛門五千四十石などで、合計およそ七万五千石と推計されている。伊豆地における韮山代官の支配は地元韮山周辺に留まっていたわけだ。（石数は『静岡県史　通史3』による）

一七五九年（宝暦九）、転機が訪れる。三島代官が廃止され、韮山代官に併合されることとなったのだ。その背景には西海岸の漁村・江梨村（現沼津市西浦江梨）の訴訟問題があり、裁定に当たっての不手際が問われる一件があった。以来、江川家が韮山代官職として、明治維新まで、伊豆国の幕府領を一括支配することとなった。

ところで、三島代官の廃止の引き金となった訴訟問題の背景を考えると、江戸幕府の伊豆国支配に対する手抜きというか、行き当たりばったりのご都合主義に行き着く。言ってみれば、起こるべくして起こった事件だったのではないか。そのあたりの事情を、少し長いが、静岡県史から引用する。

伊豆は、元禄地方《じかた》直し（元禄期に江戸幕府が行った知行再編成策。旗本五百四十二人に対して執り行われたもので、伊豆には八十一名が割り振られた――筆者注）にみられるように、大名・旗本の知行割りの帳尻合わせに利用され、大名も城もない不思議な国となった。北部にまとまった田地があるものの天城山にさえぎられ、孤立した村方が多く、また多給村の多い諸小領混在地であった。当然、時間の経過とともに大名・旗本の軍事力はおとろえ、飛地の伊豆の治安までいきとどくはずがなかった。とくに、享保の改革の年貢増徴策により、年貢収納高は延享元年（一七四四）最高に達した。この状態は、宝暦期を通じて継続したものの、頭打ちとなる一方、年貢増徴に不安を持つ農民の一揆が頻発し、米の増産による米価の下落は武士の生活を圧迫した。このように、社会不安が高まるなかに、伊豆の支配体制の見直しをせまる事態が生じはじめた。

三島代官の伊豆支配体制は明確ではない。初期には三島役所に常駐したであろうが、中期以後は在府のまま支配したものとみられる。代官が三島に赴くこともあろうが、必要に応じて三島詰手代に指示をおくり、また江戸から手代を派遣する程度であった。享保の改革の収入増加の背景には、経費節減・不要役人の整理があり、宝暦期にも伊豆の在地役人の削減がたびたびこころみられている。当然、三島役所には錯綜した伊豆支配に必要な手代数もなく、公事《くじ》訴訟などに十分な審理をおこなうこともできなかった」（『静岡県史　通史3』）

この記述は、当時の伊豆半島の状況を見事に描き出している。先に、私はこうした状況を「行き当たりばったりのご都合主義」と書いたが、見方を変えれば、伊豆半島の自然条件というか、地政学的特徴がなせる業と言えるのではないか。田地が少なく交通不便な伊豆半島は、封建制社会に生きる諸大名や旗本から見れば、せいぜい俸禄を稼ぐ場所でしかなかったに違いない。

訴訟を起こした江梨村は、今では沼津市の一角を成すものの、丘陵が一気に海に落ち込む西伊豆特有の地形で、今日でも大変な過疎地である。ましてや江戸時代のこと、この小村はもっぱら海路による往来に頼った。田地に恵まれず、代わって定置網による漁業が村を支えた。富士川を下った甲州・信州の物産の取引もあり、現金収入の多い村方であったという。こうした江梨村の生活は、考えてみれば、当時の伊豆半島沿岸に暮らす住民にとってはごく普通の姿だったのではあるまいか。「政治中心の歴史」からは見えにくい経済＝生活面からもう少し当時の事情を探ってみたい。

江戸の繁栄にひと役買った半島の民

伊豆半島は田畑に恵まれない土地だった。総石数およそ七万五千石、周囲を海に囲まれ、背後には険阻な山々が迫り、人々は平地を求めて海岸沿いや谷筋に住まいを構えた。

だが、一方では大消費地・江戸との距離は比較的至便、船を使えば頻繁に、しかも大量に物資を輸送できる地の利があった。加えて、豊饒な海の幸や背後の山々がもたらす木材や石材など近隣諸国には見られない貴重資源にも恵まれていた。

良くも悪くもこうした天与の自然条件の下、江戸時代、この地の人々はどんな生活をしていたのか。半島東海岸を中心にその一端を垣間見たい。

『図説　伊東の歴史』（伊東市史編さん委員会編）によれば、一六八五～八六年（貞享二～三）の伊東市域五村（宇佐美村、新井村、岡村、鎌田村、十足村）の家別身分構成は家数六百八のうち、本百姓三百一、水呑（田無）、門屋《かどや》、その他が二百六十七となっており、ほぼ拮抗している。

土地を持たない階層・水呑や門屋の多くは、漁業や回船業に依存したり、山仕事に携わったりしながら、生計を立てていたはずだ。同書を参考にしながら、大雑把に当時を振り返ってみよう。

まず漁民の生活だが、伊豆で古くから名高い漁業の一つがカツオ漁である。漁師三、四人が天当船に乗り込み、イワシを追って湾内に入り込んでくるカツオを釣り上げたり、網で獲ったりした。初鰹は特に有名で、江戸の食生活の花形として珍重された。土佐に製法を学んだ鰹節も江戸では「伊豆土佐」と称され、評判を呼んだという。

イワシは主に小型の浮敷網である棒受網《ぼけあみ》で獲ったが、地引網でも獲れる村があった。カツオを釣るための餌にするのがイワシ漁の大きな目的であったらしい。

ボラは江戸時代、武士階級にも出世魚として喜ばれた高級魚。ボラ漁は、江戸城本丸・西丸の御用を受けた富戸村でとりわけ盛んであった。ボラ漁には監視の魚見小屋がつきもので、魚群を発見するとホラ貝を吹いたり旗信号で知らせたりして群れを追った。

潜水漁も盛んで、アワビやサザエも大切な産物だった。

収穫された魚は魚商が買い取って江戸の魚問屋へ廻送された。生け簀のある活魚船も開発され、江戸市民の美食に応えたという。

山野の恵みも人々の生活を潤した。

江戸時代、伊東市域を構成する十六か村を平均すると、全面積の九五％が山野であった。この山野からの産物は多種多様で、商品性の高い産物には分一《ぶいち》（売上高または収穫高にかける一種の税）が課せられたが、東浦八か村（今日の伊東市の中心部）で、この分一が課せられた林産物は、大沢田、小沢田（沢田とは薪、炭、材木、板類など）、堅炭、松炭、松材、杉材、樒《しきみ》、大臼、小臼など十五品目に及んだ。

ミカンの栽培も早かった。宇佐美村の一六八六年（貞享三）の「村明細帳」を見ると、ミカン木の本数が公式に数えられ、役（一種の税）が課せられていたことが分かる。

分一や役の普及は、この時代、山野の産物が広く商品化され、貨幣取引されていたことを示している。

伊豆住民は、江戸城修築でもひと役買った

家康は、一六〇四年（慶長九）江戸城修築の令を発し、西国大名たちに対し、石船建造を命じる。以来外郭が完成する一六三九年（寛永十六）までが、江戸城普請の最盛期であった。城の周囲を固めるには膨大な数の石垣石が必要となる。『図説　伊東の歴史』によれば、家康は慶長九年、大名家に対し「十萬石の額にて、百人にて運ぶべき石千百二十づつの定制としてささぐべきよし」と命じたとある。この時命ぜられた大名二十八家、総石高五百三十萬石であるので、百人持ちの石五万九千三百六十個ということになる。

だが、江戸近傍には良好な採石地がなく、命を受けた大名たちは小田原から稲取にかけての伊豆半島東海岸一帯からこの石を運んだ。大名は切り出した石材に刻印を入れて目印としたことから、「築城石」とか「刻印石」と呼ばれた。

伊東市内の採石場（石丁場）跡地は郷土史研究者によって丹念に調べられ、市内だけでも五十六か所（一九八八年調べ）が確認されており、東伊豆町のホームページでも十四か所の石丁場が紹介されている。細川家文書「伊豆石場之覚」にも、伊豆の石丁場として七十四か所が書き上げられている。

温泉についてもひと言触れておく。江戸時代も後半になると、江戸では有名な温泉を諸国から取り寄せ入浴することが流行った。伊東や湯河原からも樽詰めにした温泉が送られ、それぞれ豆州湯ヶ原、相州湯ヶ原と呼ばれ、親しまれた。『伊東風土記』（加藤清志著、サガミヤ選書12）には次のように書かれている。

江戸には諸国の温泉薬湯があったが、その多くは、湯の花を取り寄せてとかす再生風呂といわれるもので、これは現在も家庭用として流行しているものと同じことである。（中略）それに対して、豆州相州の湯ヶ原の湯は、温泉を樽詰めにして船で送るのだから、再生風呂では無く本物である。安いものではないから、何日かに一度温泉をとりかえる。その日は『新湯』というのぼりが立てられたという。

このように伊豆の産物は、海の幸にしても、山の幸にしても、温泉にしても、江戸へ送られ、人々の日常生活を支えたが、当然ながら、こうした商取引を通じ、あるいは地産地消の経済によって、伊豆の人々の生活も大いに潤ったに違いない。

伊豆に住む人々の生活を、江戸の民と単純に比較することはできない。伊豆の民の「豊かさ」には、自然とともに暮らすという伊豆にあってこその恵みも加算されていいはずだ。この「豊かさ」は、おそらくこれからも変わるまいと思う。

開国交渉の裏方・下田港

一八五三年（嘉永六）六月、黒船四隻が久里浜沖に現れた。マシュー・ペリー率いるアメリカ合衆国海軍東インド艦隊の来航である。

日本の「幕末史」は、以来十五年間にわたって繰り広げられ、近代日本の運命を方向づけることとなる。

ペリーは約束に従って翌年一月再び神奈川沖に現れ、開国を迫る。交渉の席上、開港地として下田の名前が出ると、ペリーは日本側の同意を得て、すぐに調査のため、主将ボーフの下艦船二隻を下田に派遣した。ボーフは港内の測量のみならず、上陸して井水の調査、物資の有無や集積状況などつぶさに調査している。彼らの行動は、現地に派遣された日本側高官から逐一報告され、日本側交渉団も熟知していた。

ボーフの復命に接したペリーは、下田港が天然の良港であり、アメリカ側の目的に適合する旨を知り、三月三日、日米和親条約が締結された。下田と箱館（明治に入って函館と改称）が正式に開港され、薪水食料その他必要な品物を提供することになった。

調印を終えたペリーは下田に向かい、次の目的地箱館入港までの時間調整もあって、しばらく港内に錨泊した。下田港を己の眼で見たペリーはすっかり満足したらしく、『日本遠征記』の中で、「外海に近いこと、たやすく安全に近づけること、出入りが便利であることを考えるとき、あらゆる必要な目的を満たすのにこれより望ましい港を選ぶことはできなかったであろう」と述べている。

一八五四年（安政元）十月、ロシア艦船ディアナ号が下田に入港する。アメリカの対日計画を知ったロシアは、後れをとるまいと急遽プチャーチン率いるロシア艦船を日本に派遣したのだ。彼の使命はアメリカ同様、日本の開国と通商、それに千島・樺太方面の国境画定であった。最初に入港したのは長崎であったが、以来数次に及ぶ来日をへて、この日（十月十五日）はじめて下田に錨を下ろした。十一月三日から始まった交渉は、直後に起きた大地震と大津波（安政の大地震、マグニチュード八・四）による中断をへながらも、十二月二十一日調印にこぎつけている。日本側全権は大目付筒井政憲と勘定奉行川路聖謨《かわじとしあきら》、ロシア側全権は提督プチャーチンであった。国境問題では、千島列島の国境を択捉島《えとろふとう》と得撫島《うるっぷとう》の間と取り決めた。

その間、大地震によってディアナ号が大破、航行不能になるなど話題は尽きないが、ここでは省略し、アメリカとの交渉に話を戻す。

一八五六年（安政三）七月二十一日早朝、折からの驟雨をついて一隻のアメリカ船が下田港に入ってきた。後日、正式な在日アメリカ総領事となるタウンゼント・ハリスの登場である。

下田の住民たちは興味津々、この外国船を彼方よりつぶさに観察していたであろう。突然の来日に幕府は狼狽した。日米和親条約の解釈を巡って、双方に大きな隔たりがあり、日本側はアメリカ総領事の来日などまだ先のことと考えていた。

その背景には、日米和親条約を正式な開国への一歩と考えず薪水食料など必要物資給与の延長と位置づけた幕府と、他国に先駆けて日本と条約を結ぶことを重視したペリーとの、双方の意思の疎通がなされないまま交渉が行われたという経緯があった。手続き上にも大きな齟齬《そご》があった。今日から見れば正文とされる条約に双方の代表者が連署するのが当然だが、日米和親条約では日本側の応接掛が英語の条約文に署名することを拒否したため、日本語の条約文には応接掛の四名が署名し、英語の条約文にはペリーが署名した。領事の駐留についても和文と英文には大きな違いがあったのだ。

こうなると、「砲艦外交」を前にして、日本側が譲歩せざるを得ない。アメリカ総領事館となった玉泉寺（下田市東郊外）に三十一星のアメリカ国旗が翻ったのは、ハリス来航ほぼ二十日後の八月八日である。

ハリスに与えられた使命は、各国に先駆けて日本との間で通商条約を結ぶことだった。そのためハリスは江戸に赴き幕府首脳と直接交渉したいと要求する。一方、幕府はハリスの出府をできるだけ先に延ばそうと、下田奉行・井上清直《いのうえきよなお》らを交渉に当て、一八五七年（安政四）五月、九か条から成る下田条約を締結する。下田、箱館の開港細則をさらに拡大して居留地の権限や領事裁判制を盛りこんだものだ。

ハリスの江戸出府が実現したのはその年の十月である。ハリスは二十一日、十三代将軍家定に謁見、アメリカ大統領の親書を提出した。以後、ハリスと幕府委員の間で交渉が続き、一八五八年（安政五）の年初までにすべての交渉が議了している。時の老中首座は、阿倍《あべ》正弘《まさひろ》（一八一九～一八五七）の跡を継いだ堀田《ほった》正睦《まさよし》（一八一〇～一八六四）。ほぼ正睦の思い描いた通りの決着だったといわれる。

厄介な問題はその後起きた。正睦は天皇の勅許を得ようと幕府内の強い反対を押し切って上洛し、つまずく。幕府の威信を傷つけた政治責任は重く、正睦は老中を罷免される。正睦の後を受けて井伊《いい》直弼《なおすけ》（一八一五～一八六〇）が大老の地位につくが、事態は迫っていた。直弼は正睦同様、事態を熟知した開国派であったが、勅許なしでの調印には反対で、慎重に事を構えた。

だが国際情勢も緊迫していた。中国では二年前に起きたアロー号拿捕事件に端を発した戦争（第二のアヘン戦争とも呼ばれる）がくすぶっており、軍艦でやってきたハリスは、こうした英仏軍の動向を巧みに利用しながら、即時調印を求めていた。交渉役は下田奉行井上清直と目付岩瀬《いわせ》忠震《ただなり》。直弼とこの二人が交わした最後のやり取りは、伝えられるところ、まことに微妙なニュアンスで真意がつかみにくい。だが大局的に見ると、三人とも開国派、阿吽の呼吸というべきだろう。直弼は調印後、一身で責任を負う覚悟のほどを述べていることからも、この調印は直弼の全責任で行われたのだ。

六月十九日、神奈川沖に停泊中のポーハタン号上で、清直・忠震、ハリスが調印し、日米修好通商条約が成立した。

日米交渉を綴る多くの書物には、当時の幕府の対応について、アメリカの強硬姿勢に押されて、その場限りの弥縫策《びほうさく》に終始していたように描く記述が多い。アメリカ艦隊の圧倒的な軍事力を思えば、そうした指摘もあながち間違ってはいないだろう。だが、そうした劣勢の中で、幕府はできるだけ冷静に事態を分析し、対応した。十数年前に中国で起きたアヘン戦争や直近のアロー号事件からも多くのことを学んでいたに違いない。

当初、交渉を主導したのは老中首座・阿部正弘であった。迫りくる開国のために広く人材を集め、万全を期した。アメリカから帰国したばかりのジョン万次郎を土佐から呼び寄せたのも阿部正弘だった。その後、前述した通り、堀田正睦、井伊直弼と交代しながらの交渉となったが、この三人は当時としては最も世界の情勢に通じていたはずだ。逡巡《しゅんじゅん》もあっただろうが、局面打開は開国以外にないという共通した認識に立っていたと見るのが正しかろう。

歴史は開国に向かって確実に動き始めていたのだ。

下田の歴史に見る伊豆半島の宿命
――「ブラタモリ」と下田の今昔

下田の歴史には、伊豆半島が背負う地理的、地政学的特異性が凝縮されているのではあるまいか。多少とも下田の歴史をたどってみながらそう思っていた矢先、私の想いを掻き立てるように「ブラタモリ」の番組にとりあげられた。

昨年（二〇一八年）六月のＮＨＫ番組で、修善寺（月ヶ瀬梅園）からスタートした「ブラタモリ」の一行は、湯ヶ島温泉をへて天城峠を越え、下田の街に入る。なまこ壁に感心し、ペリーロードを通ってペリー提督が滞在した了仙寺を訪ね、百五十年前の開国の歴史に思いをはせる。最後は恵比寿島まで足を運び、島に残された地層を見て、ジオパーク運動にもひと役買って出る。伊豆の一面を紹介する番組としては至れり尽くせり、さすがＮＨＫだと感心した。

拙著の核心の一部を先取りしたような放送でもあった。せっかくだから、下田の歴史を私なりにもう少し深くたどり直してみたい。

『図説下田市史　増補版』（下田市教育委員会）によると、下田の地名が確認される最初のものは、一七〇〇年（元禄十三）に発見された鰐口《わにぐち》の銘文《めいぶん》で、そこには「応永六年（一三九九）との年号の刻銘もあるところから、南北朝・室町初期の十四世紀を下田村の成立の時期とみてさしつかえあるまい」と記されている。

下田は天然の良港に恵まれ、太平洋交通の一拠点でもあったから、古くからそれなりの集落をなし、村人たちもそこそこ平穏な日々を送っていたことだろう。

伊豆半島のほぼ南端に位置するこの漁港が、歴史上に華々しく登場するのは十七世紀初頭である。家康が関東移封となり江戸に居を構えると、下田は海上交通の要衝の地として一気に浮かび上がった。一六一五年（元和元）、大坂夏の陣に備え、警備体制を整えたのが始まりで、二年後の一六一七年には下田郊外・須崎に番所が置かれた。この番所はその後船改番所となって、往来する廻船を検問する役割を担った。

大消費都市江戸への海上輸送も年々増え続け、特に先進地域・畿内との間にあったため、下田は重要な通過地点ともなった。同書には「当時下田は入津廻船三千隻、繩地金山の盛況もあって家数千軒、人口五千人の繁栄を誇った」とある。伊豆半島の金山では土肥金山が有名だが、江戸時代初期脚光を浴びたのは繩地鉱山だったようだ。「伊豆の金山のうち最も盛んであったのは繩地で、一時は佐渡よりも多い産出量を誇り、家康自慢の金山として、スペイン人宣教師に視察させた」（同書）というほどの盛況であった。

だが、享保の改革に際して下田奉行が廃止され、さらに一七二〇年（享保五）、下田番所を浦賀港に移す旨申し渡されると、下田は一気に衰退へと向かう。番所がもたらした収益が消え、

「一か年一万両の収入が二、三百両の漁業収入に激減し、二百艘を数えた漁船も僅か六十艘を所持するにすぎなくなった」（同書）。

以来、下田は漁港ならびに廻船問屋による伊豆産品の積荷港として平穏な日々を送るが、幕末を迎え、十八世紀末から十九世紀前半にかけて諸外国の艦船が日本近海に出没し始めると、再び歴史上に登場する。海防策に腐心する幕府の手によって、下田港の入口を左右から囲むように突き出した須崎の須佐里崎《すさりざき》と対岸の狼煙崎《のろしざき》にお台場を構築する計画が何回も立てられては、財政事情によって消えた。幕府要人も繰り返し下田を訪れて海防策を練り、一八四二年（天保十三）には下田奉行を置いた。一八四九年（嘉永二）、初めての外国船イギリス軍艦・マリナー号が下田港に入港。五年後の一八五四年三月には日米和親条約の締結を終えたペリー提督を乗せたアメリカ艦船が投錨した。

下田に一か月近く滞在したペリーは、その見聞録で当時の事情を次のように伝えている。正確な情報収集力と鋭い観察眼に驚かされる記述だ。

下田港に入るとき、低い家の並ぶ町は、それほど目をみはるようなものではなかったが、枝を広げた松やイチイの木におおわれた背後の丘陵、その間に口を開いた緑の谷は、安らかな静けさをたたえており、この人里離れた田園の風景はまことに美しかった。下田は伊豆国ではいちばん大きな町だといわれており、かつてはかなり重要な市場町だった。数世紀前に建設され、二〇〇年ほど前から首府に赴く船舶の出入港になっていたが、湾のはるか上手にある浦賀がこの重要な役割を受け継いでから、下田は衰退して、かなり貧しい地域になってしまった。港はそれほど商業活動がさかんには見えないが、いまだにこの港を介して内陸部と日本の沿岸各地との細々とした取り引きが行われている。（『ペリー提督日本遠征記　下』Ｍ・Ｃ・ペリー著、Ｆ・Ｌ・ホークス編纂、宮崎壽子監訳、角川ソフィア文庫）

開国交渉の舞台となった下田は、いっときではあったが、再び歴史のひのき舞台に立ったのだ。だがいうまでもなく、開国後の外国向け貿易港ではあり得ず、条約調印をもって歴史の舞台から降りることとなる。

それでも帆船時代の続く明治の末までは「風待ち湊」としてそれなりの役割が残ったが、時代の進歩はその役割さえも奪っていった。

五十年後、大正・昭和前期をへて、日本全体が第二次世界大戦後の復興期を迎えると、下田の街に、三たび、新しい時代の波が押し寄せてきた。

一九六一年（昭和三十六）十二月、伊豆急行が開通し、「泉都伊東と歴史の港町下田を約一時間で結ぶ電車」（静岡新聞）が走り始める。一九六四年には東海道新幹線が開通し、首都圏から伊豆半島へのアクセスは一段とスピードアップした。一九六九年（昭和四十四）には東京駅と伊豆急下田駅を結ぶ特急列車「あまぎ」の運行が始まった。伊豆半島は多くの旅行愛好家の眼に魅力あふれる一級の観光地として映り始めたのだ。私と同世代人（昭和ひとけた後半生まれ）には、新婚旅行先として伊豆半島を選ぶ友人も多かった。「青春時代の旅先の定番」投票（『大人の休日倶楽部・二〇一八年九月号』、東日本旅客鉄道）では、北海道・京都・能登金沢に次いで、伊豆が四位を占めている。ただし投票者は五十〜七十歳代の人たちだ。

しかし、人々の懐が豊かになるにつれて、旅人の好みやスタイルは多様化し変化する。伊豆半島も、次第に多くの旅先の一つとなり、どちらかというと年配者好みの土地柄となりつつあるのではあるまいか。

そして、日本全体の少子高齢化社会の到来が半島全体にも重くのしかかり始めた。終戦直後（一九四七年）二万八千人強だった下田市の人口は、三十年後の一九七七年、三万二千人強とピークを迎えたものの、以後減少の一途をたどっている。二〇一八年（平成三十）には、大正時代とほぼ同じ二万二千人となった。

ところで、これから訪れる二十一世紀中葉は、下田にとってどんな時代になるのだろうか。四たび、歴史の舞台に登場する時が来るのか。それほど大仰に考えなくとも、その地に住む人々にとって心豊かな土地柄であり続けているだろうか。

二〇一九年（平成三十一）三月下旬、そうした想いを胸に秘めて、私は下田の街を訪れ、「ブラタモリ」の一行がたどったと思われるコースを散策した。なまこ壁は松崎町ほどの広がりもなく誇張が過ぎる感はあったが、ペリーロードを通ってペリー艦隊上陸地点辺りまで来ると、周囲の景観が一変した。雲一つない青空の下、静まり返った入り江に続く稲生沢川《いのうざわがわ》沿いには多くの漁船が係留され、その先にたおやかな山並みが連なっていた。

ペリーがこの地に立ったのは百六十五年前の同じシーズン、三月下旬だった。私の目の前には、家並みこそ現代風だが、ペリーが見た自然の景観がそのまま広がっていた。下田の春は早い。背後の山並みには春の兆しが垣間見え、街中に植えられたアジサイは新芽を広げて開花に備えていた。港を隔てた対岸は太平洋に突き出していてその先端がかつてのお台場候補地・須佐里崎。その先に恵比寿島があるはずだ。「ブラタモリ」の一行の最後の訪問地だが、おそらくペリーもたたずんだ地であろう。

私は今、思うのだ。下田は数世紀にわたって浮沈を繰り返してきた。今の下田は人口減少に悩み、財政とも格闘中と聞くが、その姿は、ひょっとして伊豆半島全体の将来を示唆しているのではあるまいか、と。だが、ペリーも目にしたすばらしい景観は今も輝き続け、湾内に係留された漁船は今朝もこの街に海の幸をもたらしたに違いない。

そして、続けて思う。幸せな土地であり続けるのは他人《ひと》頼みでは無理だ。それは、行政も含めて、土地に住む人々の志と努力、そしてなによりもう一つ、心の持ちようにかかっている、と。

伊豆の諸街道を行き交った著名人

下田街道を往来した著名人たちはどんな旅をしたのだろうか。いくつかの例を追ってみたい。彼らの足取りの中に、伊豆半島特有の交通事情や風物、為政者の思惑などを垣間見ることができるからである。

東海道と半島先端・下田を結ぶ交通路の開設は古い。歴史は律令国家時代に遡るが、幹線道路としての形成は室町時代以降と見てよいだろう。この道は、江戸時代には「下田路」と呼ばれ、多くの要人が往来した。他方、江戸への最短道路として東海岸沿いの脇街道「東浦路《ひがしうらじ》」も大いに利用されていたようだ。だがいずれも相当な難路であった。

三島（東海道）から始まる下田路は狩野川に沿って南下していくのだが、途中何度か狩野川本流や支流を渡らねばならなかった。狩野川は伊豆半島随一の大河川で、橋のないところは舟で渡った。大仁《おおひと》を過ぎると、いよいよ山道にさしかかる。六里に及ぶ天城越えで、下田路最大の難所と言われた。当初は古峠を越えていたが、より便利な新道が開かれ、江戸時代では二本杉峠（旧天城峠、八一七メートル）越えが主流となった。大雑把に言えば、現在の国道一三六号線および四一四号線と同じ谷筋を通る往還であった。

東浦路は、現在の国道一三五号線同様、東海岸沿いの道であるが、こちらも下田路に劣らぬ難路であった。「海岸にある集落から、大きく山を越えて次の集落へ下り、また峠を越え、いったん海岸へ下ってから、また山を越えるという登り下りの激しい道の連続であった」（『伊豆東浦路の下田街道』加藤清志著、サガミヤ選書16）

十八世紀も末になると、イギリスやロシアなど異国の船が日本各地に間々接近するようになる。幕府はこうした事態を重く見て対策を急ぎ、一七九三年（寛政五）、老中松平定信（一七五九～一八二九）が伊豆巡見のため、総勢四百人のお供を従えて下田路を下っていった。この大仰な行列は、伊豆の人々の眼には「前代未聞の大御用」と映ったらしい。一行は三月二十日三島を出発、途中湯ヶ島に一泊し、翌日には下田に入っている。そのあと、南伊豆見聞を済ませ、帰路は東浦路を通って江戸に向かった。

一行には画家谷文晁《たにぶんちょう》（一七六三～一八四一）も加わっており、旅路にあって、各地の風景を描いた。のち『公余探勝図《こうよたんしょうず》』として完成したこの画集は、当時の伊豆の情景を知る貴重な資料となった。現在東京国立博物館が重要文化財として所蔵している。

下田の開港が決まると、要人たちの往来も一気に増える。江戸からはほぼ一週間の旅路、往路は定信同様おおむね下田路を南に下ったが、帰路は東浦路を利用することが多かったようだ。

勘定奉行川路聖謨は、対ロシア交渉のため、一八五四年から五五年にかけて三回にわたり下田を訪れているが、二回目の往路として東浦路を通っている。一八五五年（安政二）二月十二日、江戸を発った聖謨は、「馬入川（相模川）出水にて、船わたし相成らざる旨申来る」など障害多く、四日目の夜を熱海で過ごしている。「この辺いずれも谷間の小村ばかりなるに、熱海はことの外に打開けたる所にて、料理茶屋、髪結床等江戸のごとし」といささか驚いた様子。翌日は伊東泊まりだったが、「此辺には珍敷く開けたる所にて、村道ながら幅五間も有るべし。よし有気《ありげ》也。里人に問うに、誰かはしらず、城あとという所有りと申す也。伊東九郎などの一類にはあらぬか。ここにも温水有り、村内の溝《みぞ》よりはふり出申し候」（『長崎日記・下田日記』川路聖謨著、東洋文庫）と書いている。百六十年以上前のことながら、現在の伊東の姿に重ねてみると、通じるものがあって面白い。

アメリカ総領事ハリスが江戸出府に当って通ったのは、メインロード・下田路であった。一八五七年（安政四）十月、下田を発ったハリス一行は途中梨本と湯ヶ島に泊まったあと、三日目の夜を三島で迎えている。一行は総勢三百五十人、まさに大名並みの行列であった。準備も大掛かりなもので、天城越えの道の普請のため湯ヶ島から千百八十人が出ているし、当日も近隣十三か村から多くの人足と馬が動員されている。

ハリスには通訳兼補佐役としてヘンリー・ヒュースケンが同行していた。天城峠越えの旅すがらヒュースケンが感じた印象は、自由奔放に生きた彼らしく実にリアルで、しかも核心をついていて、面白い。

今朝八時、天城山越えに出発。高さ約五千フィートの山である。深い地溝の上の嶮しい道を登った。ところどころ、岩を階段のように刻んだところがある。ほとんど垂直の崖に路がついているからである。路幅は狭くて四人並んでは歩けないし、曲がり角は鋭角的で、ノリモンが通り抜けるのに難渋する。

伊豆半島の山々を越えながら、日本人がアメリカ人のために下田港を選んだのは、日本の側からみて島よりももっと近寄り難い一片の土地をアメリカ人に与えるためであったことがよくわかった。下田と日本の他の地方との間に横たわる天険は、大規模な陸上交通を不可能にしているからである。(『ヒュースケン日本日記』青木枝朗訳、岩波文庫)

峠を越え下りにかかりしばらくして、いよいよ富士山と出会う。

谷間をおりて、天城の山頂を去来する雲から外に出ると、田畑がひらけてくる。やわらかな陽ざしをうけて、うっとりとするような美しい渓谷が目の前に横たわっている。とある山裾をひと巡りすると、立ち並ぶ松の枝間に、太陽に輝く白い峰が見えた。それは一目で富士ヤマであることがわかった。今日はじめて見る山の姿であるが、一生忘れることはあるまい。（中略）。私は感動のあまり思わず馬の手綱を引いた。脱帽して、「すばらしい富士ヤマ」と叫んだ。（同）

時代は半世紀ほど遡るが、伊能忠敬の測量隊も二度にわたって伊豆半島の測量を行っている。一回目は、一八〇一年（享和元）四月二日、江戸を発って東海道を測量しながら、三浦半島、熱海から伊豆海岸線一周の測量を行い、六月一日完了して箱根に向かった。二回目は一八一五年（文化十二）五月二日から始まった。このとき忠敬はすでに七十歳、代わって永井甚左衛門が隊長として指揮を執っている。一行は三島から下田路を南下、天城峠を越えて、下田まで測量した。一行は、一旦三宅島に渡って伊豆諸島を測量し、十一月十日下田に戻る。そのあと東浦路を通って東海岸を測量しながら熱海に至り、越年している。このとき、東浦路からの測量と下田路を測量した杭がぴったり一致したという。当時の測量技術の高さに改めて驚くばかりだ。

吉田松陰とペリー提督

吉田松陰が黒船を追って一路下田へ下った話も広く世に知られている。

松陰は一八五三年（嘉永六）江戸遊学中、ペリー率いるアメリカ東インド艦隊を目の当たりにして大きな衝撃を受ける。西洋列強から日本を守るためには何としても西洋先進国の実情を知らねばならない、そう思い詰めた松陰は、やがて海外密航を決心する。

同年九月、プチャーチン率いるロシア艦隊が長崎に投錨しているのを知り、同地に向かうが、着いてみると艦隊は出航していて後の祭りだった。

松陰の決意に影響を与え、陰で支えたのは佐久間象山だ。松陰が長崎に向かったとき、象山は送別の詩を送り、その一節に「一見超百聞、智者貴投機（一見は百聞に超ゆ、智者は機に投ずるを貴ぶ）」と書いて激励している。また、象山と松陰の会話の中に「漂流」という言葉が出てくるが、当初、密航の件を示唆したとき、象山はジョン万次郎の話を出していたらしい。土佐の漁師・万次郎は十四歳のとき乗っていた漁船が遭難、捕鯨船に救われてアメリカへ渡った。そこで英語はもちろん、測量、航海術、造船技術などを学んだ上で、一八五一年（嘉永四）帰国する。二年後、アメリカの知識を必要としていた幕府に招聘され、外交交渉の裏面で活躍中であった。

翌一八五四年（嘉永七）一月、ペリーが再び来航したのを知った松陰は、今度こそ機会を逃すまいと決意を新たにする。三月四日、金子重之輔とともに江戸を発って、神奈川に向かった。日米和親条約締結（三月三日）の翌日である。

神奈川にあって、漁師を雇うなど決行を試みるがことごとく失敗。そうこうするうちにペリー艦隊の艦船が各方面へと動き始める。ペリーを乗せたポーハタン号は江戸湾を遡上して幕府の役人を狼狽させたりするが、十八日には下田に投錨している。

この動きを知った松陰の動きは早かった。十四日神奈川を発った松陰は、熱海、伊東をへて、十八日午後には早くも下田に入っている。今日の鉄道路線でも横浜〜下田間は約一四〇キロメートルだ。熱海を出た松陰は東海岸沿いの東浦路をたどったわけだが、この道は起伏の激しい難路であったから、道中相当な苦労があったろう。松陰の心意気を知るに十分なスピードである。

決行の機をうかがい松陰たちはしばらく待機するが、いっとき身を寄せた老医師・村山行馬郎宅が、市街から四キロメートルほど北に入った蓮台寺に史跡として残っており、門前には「吉田松陰寄寓之址」と書かれた石碑が立っている。

宿を出た松陰たちはしばし海岸の洞窟に潜伏したあと、二十七日の夜中すぎ小舟を漕ぎ出してアメリカ艦を目指した。旗艦ポーハタン号に上がった松陰は心を込めて渡航目的を伝え、懇願した。だが、わずか三週間前に条約を締結したばかりの日米関係を考えれば、松陰の願いが通るはずもなかった。申し出は拒絶され、先方のボートで浜へ送り返された。

後日、松陰は萩の獄中にあって、そのときの情景を、「夷船に乗り込むの記」と題して綴っている。少し長いがその一部を引用する。

（話が通じず困っていると）、

そのうち、日本語をしるものウリヤムス出て来たる。よって筆をかり、米利堅《メリケン》にゆかんと欲するの意を漢語にて認《したた》めかく。ウリヤムスいわく、（中略）「名をかけ、名をかけ」と。よって、この日の朝、上陸の夷人に渡したる書中に記し置きつる偽名、余は瓜中万二《くわのうちまんじ》、渋生は市木公太と記しぬ。ウリヤムス携えて内に入り、朝の書簡を持ち出で、このことなるべしという。われらうなずく。

ウリヤムスいわく、「このこと、大将と余と知るのみ。他人には知らせず。大将も余も、心まことに喜ぶ。ただし、横浜にて米利堅大将と林大学頭《だいがくのかみ》と、米利堅の天下と日本の天下とのことを約束す。ゆえに、私《わたくし》に（非公式に）君の請いを諾《だく》し難し。少しく待つべし、遠からずして米利堅人は日本に来たり、日本人は米利堅に来たり、両国往来すること同国のごとくなるの道を開くべし。その時来たるべし」（中略）われらいわく、「われ、夜間貴船に来ることは国法の禁ずるところなり。いま還らば、国人、必ずわれを誅《ちゅう》せん。勢、還るべからず」。ウリヤムスいわく、「夜に乗じて還らば、国人、だれか知るものあらん、早く還るべし。このこと下田の大将黒川嘉兵知るか。嘉兵許す（なら）米利堅大将連れてゆく。嘉兵許さぬ（なら）米利堅大将連れてゆかぬ」。余いわく、「しからば、われら船中に留まるべし。大将より黒川嘉兵へかけあいくるるべし」。ウリヤムスいわく、「左様にはなり難し」と。ウリヤムス、反覆はじめのいうところをいいて、わが帰を促す。われら、計すでに違《たが》い、前《さき》に乗り棄てたる舟は心にかかり、ついに帰るに決す。（近代日本の名著②『先駆者の思想』奈良本辰也他編、徳間書店）。

旗艦ポーハタン号の船上での、松陰とウィリアムズとのやりとりはすべてペリー提督の知るところで、ウィリアムズの返答もペリーの指示によるものだった。

ペリーは松陰たちの勇気ある行動に感動したのだろう。後刻出版された日本遠征記には、囚われの身となった二人の刑罰ができるだけ軽く済むようあれこれ心を砕いている様子が詳しく書かれている。そして、遠征記の中の次の件《くだり》は今でも日本人の心を打つ。このとき、ペリー六十歳、松陰二十四歳であった。

この事件は、知識を増すためなら国の厳格な法律を無視することも、死の危険を冒すことも辞さなかった二人の教養ある日本人の激しい知識欲を示すものとして、実に興味深かった。日本人は間違いなく探求心のある国民であり、道徳的、知的能力を広げる機会を歓迎するだろう。あの不運な二人の行動は、同国人の特質であると思うし、国民の激しい好奇心をこれ程よく表しているものはない。その実行がはばまれているのは、きわめて厳重な法律と、法に背かせまいとする絶え間ない監視のせいにすぎない。この日本人の性向を見れば、この興味深い国の前途はなんと可能性を秘めていることか、そして付言すれば、なんと有望であることか！（『ペリー提督日本遠征記　下』）

乗りつけた小舟には刀や荷物を置き去りにしたままだったのも失敗だった。小舟はいずこへか流され、松陰たちが危惧した通り、幕府役人の手に渡ってしまったのだ。

かくして松陰は潔く自首し、囚われの身となった。二人を連行する一行は、天城峠越えの下田路を北上して江戸に向かった。唐丸《とうまる》駕籠《かご》に乗せられた松陰はもはや歩くこともなく、急ぐ必要もなかった。駕籠の中に納まって、何を想いつつ峠を越えただろうか。

松陰の一生が、日本歴史の中で冷静にかつ客観的に位置づけられ始めたのは、死後八十六年たった一九四五年（昭和二十）八月以降ではないか。もちろんその間にも多くの優れた論考はあっただろうが、薩長主導の明治時代にしても、日中・日米戦争に絡んだ昭和時代のいっとき（一九三〇～四五年）にしても、松陰はその時代背景の中で語られ過ぎた。私が小学生時代に学んだ松陰は、まさに忠君愛国の模範、修身教育の立役者だった。

尊王攘夷思想については、「一見、時代錯誤な考えかたとみなされやすい。が、それは、開明性とは対極の外貌のうちに、尊王という概念に統一への、攘夷という概念に独立への志向を核として持ち、その意味で新しい秩序への展望をひらいた」（『近代国家を構想した思想家たち』鹿野政直著、岩波ジュニア新書）として、一定の評価を惜しまぬ論者もおり、有益な指摘であるとは思う。だが、当時の内外情勢下で日本の統一と独立を守り通す道は、開国以外にはありえなかった。松陰の世界に対する知識は、幕府要人はもとより、佐久間象山と比べてもはるかに貧弱だった。だからこそ、松陰は何としても外国に出向いて、世界を学ぼうとしたのだ。

歴史にイフはない。それでも、もし松陰が密航に成功していたとすれば、己の尊王攘夷思想をどの方向に向かってブラッシュアップしただろうか。アメリカでペリーと対面して助力を得たかもしれないし、外国滞在の目途を三年と考えていたようだから、帰国時期が維新と重なっていたかもしれない。近代に向かって新しい一歩を踏み出そうとするとき、日本はまことに惜しい人物を失った、と思う。

静岡県は廃藩置県の落とし子

テレビでNHKの天気予報を見るたびに思うことがある。私の住む伊東市では、首都圏放送センターと静岡局（週末は名古屋局）両方の電波を受信できるが、東京から送られてくる関東甲信地区の映像ではその片すみにつけ加えたようにして、静岡県では伊豆半島だけが映し出される。でも、これが結構役立つことが多い。一方、全国の予報や名古屋局の予報では、しばしば「東海地方」とひとくくりにされるが、伊豆半島、特に東海岸の住民にとってはほとんど参考にならない。台風情報などはその最たるもので、「東海地方」とは名古屋市を中心にした一帯を指し、それより東ではせめて静岡市周辺までと割り切って聞いている。

天気予報に限らず、文化圏とか物資の流通とか人口移動とかいろいろな視点から見ても、伊豆半島は「関東地方」の一部ととらえた方が実情に合っているのではないか。「東海地方」と言われてもピンと来ないのだ。

週末伊豆半島にやってくる車をみても、ほとんどが首都圏ナンバーだ。列車の運行も同様だ。JR東日本とJR東海の接点は熱海駅であるが、伊東線はJR東日本に属し、東京発特急踊り子号が伊東駅を越えて下田まで乗り入れている。

誤解を避けるために言っておくが、私の心が東京とか首都圏に恋々としているわけではないし、静岡県民になるに当たっても何の逡巡もなかった。私の心は一〇〇パーセント伊豆にあり、伊豆の住民の立場から言っているだけである。

日本地図を開いてみよう。静岡県は何とも奇妙な形をしているではないか。東西南北に向かって自由奔放に領域を伸ばしている。

南西には天竜川の扇状地・遠州平野が広がり、その西の端に風光明媚な浜名湖が控える。北に向かっては、長野県と山梨県を分けるように細長く角を伸ばし、間ノ岳（三一八九メートル）を頂点にして赤石山地東山麓を抱え込む。北東に目を転じると霊峰富士の南半分をとりこみ、東部では伊豆半島を丸抱えにしている。この半島は、遠州平野の東南の端・御前崎とともに、湾内の海の幸を独り占めするかのように、駿河湾を抱え込んでいる。

人も物資も豊かだ。三百六十六万人近い人口（二〇一八年当時）を抱え、山海の幸に恵まれて気候温暖、住民もおおむね心優しい。

静岡県は一八七六年（明治九）、紆余曲折を経て誕生した。明治維新の激動期が生んだ落とし子といえようか。

明治新政府は権力掌握以来、数々の難問に直面し、苦闘していた。一八六九年（明治二）七月には版籍奉還が実施され、土地と人民は新政府の所轄するところとなったが、各大名は知藩事として引き続き藩（旧大名領）の統治に当たり、実態としては江戸時代のままだった。近代国家を目指すには、早急にこの旧体制を打破し、中央集権を確立しなければならなかったのだ。

一八七一年（明治四）七月、新政府は廃藩置県を断行した。この改革は平安時代後期以来続いてきた土地支配のあり方を根本から改革するもので、明治維新最大の改革であったと言えよう。ただ、とりあえず藩をそのまま県に移したため、三府三百二県となった。これを機会に旧藩主は失職して東京への移住を命じられた。ちなみに旧藩主は、旧藩収入の一割が収入としてあてがわれ、旧藩士への家禄支給の義務および藩の債務からも解放された。

このとき、駿河国は静岡県、伊豆国は韮山県、相模国は小田原県と荻野山中県の二県となっている。

だが、三府三百二県では、近代国家としての体を成さない。同年十一月に行われた第一次府県統合で、韮山県、小田原県、荻野山中県が統合されて、足柄県として発足した。

さらに、一八七六年の第二次府県統合では、四月に足柄県が廃県となり、旧相模国は神奈川県に、旧伊豆国は静岡県にそれぞれ編入されることとなった。さらに同年八月、浜松県が静岡県に編入され、現在の静岡県の姿が完成した。

こうした一連の統廃合には、当時どれほど緻密な検討がなされたか。足柄県が廃県となったとき、一括して神奈川県に編入する選択もあっただろうが、今となっては知る由もない。

この項の初めに、私は伊豆半島を文化面や生活面から「関東地方」の一部と見ればよかろうと、自分勝手に書いた。だが考えてみれば、伊豆半島は日本列島にとっては「新参者」であったし、名だたる大名にも恵まれないまま明治時代を迎えた土地柄でもあった。関東圏からも袖にされ、異端視されてきたのだ。

主体性のない異端児といえば後ろ向きだが、自由奔放に生きる異端児といえば、未来を切り開く力がこもる。行政区分などに拘泥せず、東海地方にも関東地方にもとり込まれない独立の地・伊豆国と思って暮らしてみてはどうか。

広々とした気分になって心豊かに過ごせるのではあるまいか。

昭和の遺産「川奈ホテル」と「伊豆急行」

一九九八年（平成十）四月二十八日、総理大臣橋本龍太郎は、ロシアの大統領ボリス・エリツィンを川奈ホテルに迎え、満面に笑みを浮かべながら握手していた。

両首脳は、その五か月前のクラスノヤルスク会談で信頼関係を築いており、橋本総理の脳裏には、二〇〇〇年までには領土問題を解決し、平和条約を締結しようという、熱い思いがよぎっていたであろう。

川奈ホテルが、そして長らくわき役に徹していた伊豆半島が、日本歴史に登場した二十世紀最後の瞬間であった。

このホテルの歴史は古い。今から九十年ほど前、大倉財閥二代目総帥・大倉喜七郎（一八八二〜一九六三）は療養のため伊東を訪れ、この地と出会った。喜七郎は派手好みのハイカラ男爵だったといわれ、ホテルオークラはじめ日本のホテル業に大きな足跡を残しているが、伊東の自然を目の当たりにして、かつてイギリス留学時代に触れた豊かな田園生活を思い出し、虜になった。当初は牧場を作るつもりだったらしいが、地形などから、日本初のゴルフ場を備えたリゾートホテルの建設計画へと心が動いた。

一九二八年（昭和三）ホテルに先駆けてゴルフコース（現大島コース）を開業、次いで一九三六年（昭和十一）現在のホテル本館が完成した。

ホテル、ゴルフ場とも華々しい活躍を見せたのは、戦後の高度成長時代だ。投宿者には内外の有名人が名を連ねる一方、社用族たちも大挙して押しかけ、前夜の宴会つきゴルフで一人十万円を支払った。一般庶民から見れば高嶺の花であったが、バブルがはじけると、やがて散り行くあだ花となった。

一方、川奈ホテルに遅れること二十五年の一九六一年（昭和三六）、伊豆急行線が開通する。開通に先立って、東京急行電鉄（東急）の総帥・五島慶太が、川奈ホテル前に駅をつくろうと提案するが、「当ホテルはリゾートホテルの趣旨を理解された、それなりのステータスのお客様を対象としています。電車を使う一般客を対象としていませんので、そのために騒がしくなっては、当ホテルの趣旨に反します」と言って断ったという逸話が残る。

だが、橋本・エリツィン会談のころ、大倉グループの中核会社大倉商事は経営不振に陥っており、その年の八月、自己破産した。この影響で川奈ホテルも経営が行き詰まり、同年、堤義明率いるコクド（のちのプリンスホテル）の手に渡った。

伊豆急行線開通に当たっても、いろいろと面白い話が残っている。

東急系列の伊豆急行と西武鉄道（西武）系列の伊豆箱根鉄道が伊豆半島東海岸で繰り広げた争いで、「伊豆戦争」と呼ばれた。川奈ホテル前に駅を作ろうと持ち掛けた五島慶太と、後日そのホテルを買った義明の父、堤康次郎の代理戦争として有名だ。

伊東〜下田間の鉄道敷設については、東急グループが早くから目をつけ、独走態勢にあった。一九五三年（昭和二十八）には関係部署を立ち上げ、一九五六年二月、慶太の息子・五島昇名義で「伊東・下田間地方鉄道敷設免許申請書」を運輸省に提出している。申請書には次のようにその趣旨を書いた。

富士・箱根とともに熱海・伊東・下田を含む伊豆半島は、国内はもちろん国際的観光地域であり、とくに戦後の熱海・伊東の発展は目覚ましいものがあります。しかし、伊東線開通以来十七年、それ以南五十キロメートルに及ぶ地域には、観光地としての条件を完備しているにもかかわらず交通対策が遅れているため、あたら国際観光地域を死蔵している状態であります。（中略）この地域に東京より三時間前後で行けるようにするならば、その国家的利益は莫大なものと考えます。

これを知った堤康次郎は地元有力者と謀って横取りを試みるが失敗、それでもあきらめず、鉄道の経由予定地であった下田市白浜周辺の土地を押さえるという実力行使に出た。海岸沿いを走る予定だった伊豆急行線は、この妨害にあって、河津駅の南から長大な谷津トンネルを掘って大きく山側に迂回せざるを得なくなった。

今にして思えば、何とも馬鹿馬鹿しい物語であるが、高度成長時代には日本中にエネルギーがあふれており、伊豆半島の将来にも無限の可能性があると誰もが信じていたから、勢い余っての喧嘩であった。そう思えば腹も立たないし、鉄道を残してくれた二人の巨人に対して感謝の気持ちすら起こってくる。

川奈ホテルも伊豆急行も、いまや伊豆半島にとってはかけがえのない存在となった。

川奈ホテルは日本を代表するリゾートホテルとして、存在感十分である。ゴルフコースも西武流経営を取り入れて、平均的ゴルファーも時には少々張り込んでプレーできるシステムになった。

一方伊豆急行も、二十一世紀に入って経営が悪化し東急の完全子会社になったものの、それによって経営が安定し、地元住民の足としての役割を担い続けている。

今日、川奈ホテルで寛《くつろ》ぐひとときや、相模灘に向かって設えたガラス張りのサンパーラーで過ごすコーヒータイム、ゴルフコースに出て海を目掛けてクラブを振る一瞬などには、代えがたい憩いと充足感がある。

伊豆急とて同じことだ。日ごろ当たり前のように思って乗っているが、この鉄道なしの半島生活などありえないほど重要な役割を果たしてくれているのだ。

昭和も遠くなりにけり、か。平成も終わり令和となった今、改めて昭和からの貴重な贈り物＝文化遺産の重みを実感する日々である。

Ⅸ　伊豆こそわが人生

早朝、富戸港に向かう定置網船

自然の要害に守られた桃源郷

伊豆半島はいくつかの難題を抱えている。平地に乏しい山岳半島だから、鉄道や道路の開発が遅れ、二次産業からも見放されてきた。

かつて人々はそれなりに道を拓き、船を通わせて、交通手段の確保に努力した。近代になってからは、他所と比べれば後手に回ったとはいえ、ほどほどの鉄道と道路もできてきた。

一方、平地の少ない地形はいかんともしがたく、広く東海メガロポリスに展開し続けた近代工業も伊豆半島には見向きもしなかった。人々はそれに代えて、一次産業と観光業（三次産業）で生きる道を拓いてきた。

これまでに何回も述べてきたことだが、こうした事情は天与のものである。

伊豆半島は日本のど真ん中に位置し、半島のつけ根で新幹線や高速道路ともつながっている。立地だけから見れば多くの近代工場が軒を連ね、人々が殺到するはずだが、天然条件はそのすべてを阻んできたわけだ。

産業の展開に伴う人口移動ばかりではない。一旦は伊豆住まいを考えた人の中にも、こうした事情に影響されて移住を逡巡《しゅんじゅん》した人がいたのではないか。

さらに、もう一つ人口問題がある。人口減少の悩みは、日本全体の問題ではあるが、伊豆半島の現状は相当に厳しい。

日本創成会議（座長・増田寛也）は二〇一四年「全国市区町村別の将来推計人口」を発表し、二〇四〇年には日本全体でほぼ半分、八百九十六の自治体が「消滅可能性都市」*注1になるだろうと警告した。この消滅可能性都市の比率は、北海道と東北地方が最悪でほぼ八〇パーセント程度。これに山陰地方（約七五パーセント）と四国（約六五パーセント）が続いている。静岡県の消滅可能性都市は全三十五市町中五市町、一四％だから比較的良好であるが、そのうち四つの町（東伊豆、西伊豆、松崎、南伊豆）が伊豆半島南部を占める。

高齢化率*注2に至っては、静岡県内でも伊豆半島はダントツに高い。本稿では十市町を伊豆半島地域としたが、高齢化率県内上位十二市町に伊豆半島の十市町*注3全部が含まれているのには、改めて驚いた。

伊豆半島の高齢化率が高いのは、若者が望むような職場が地元にないからだ。大学進学や就職で一旦地元を離れた若者は、ほとんどが地元には戻ってこないという。伊豆半島の中心都市・伊東市をとっても、一次産業と観光業など三次産業が中心だから、若者は自ずと首都圏や東海メガロポリスを目指す。

悲観的な話はここまでにして、頭のスイッチをプラス思考に切りかえてみよう。

険阻な山々を生んで平地を奪った地球活動は、他方では、豊かな海岸線を形成して海の幸をもたらし、すばらしい景観や温泉を用意した。

騒々しい二次産業など他地域に譲って結構、温泉や景観を生かした観光業に一次産業が加われば、人間と自然の共存地域としては理想的だと言える。首都圏に近いから文化の香りもほどほどに届き、さほどの過疎でもないから人の温もりに浸りながら生きる土地柄としても申し分ない。

「人と自然が共存する桃源郷・伊豆半島。自由人大集合！」という巨大看板を掲げるのだ。

私の住むイトーピア別荘地は大半が首都圏からの移住者で、みな心豊かに暮らしている。以前から伊豆半島各地に住む友人たちも、己の居場所を見つけ充実した日々を送っている。先住者であろうが、移住者であろうが、一旦半島内に住めば交通事情の不便など些細なことだし、大工場などかえって厄介者と思っているだろう。

もちろん、伊豆に移り住む以上は、それなりの心得が求められる。

第一は、できるだけ前広に準備し、リタイアしたら直ちに移住する。移住者にとっては新天地だから何事にも好奇心を持って当たる。伊豆の自然に興味を持ち、山海の珍味を楽しみ、多くの友人をつくる。特に、友人づくりは定住の必須条件だ。

次に、健康維持はもちろん、何事も己の責任と自覚し、できるだけ自立して生きる。

一旦他人様《ひとさま》の世話になるときは、お医者さんでも介護施設でも、それなりの負担を覚悟する。そして三番目は、感謝の気持ちをもって、謙虚に生きる。他人様の世話になるときも当然顔をして威張ってはいけない。

人はいずれ老いる。病院通いが増え、老人ホームに入るときも来る。働き手の需要が増え、人口増につながる。世話する人、世話になる人それぞれが金を使い、地元を潤す。

だが、働き手は、今、日本中で引っ張りだこだ。よりよい条件が整っていなければ集まらない。

そこでもう一度心得の話に戻るが、伊豆住まいではできるだけ自立して生きるべし。他人様のお世話になるときは応分の負担を心掛けるべし。それでも首都圏に比べれば万事安く済むのだから。

日本もようやく移民受け入れに向けて動き始めた。歴史人口学者・エマニュエル・トッドは「日本は今、黒船来航と同じくらいの国家的危機を前にしています。日本はわずか半世紀で、西洋の文明・科学技術に適応し、近代化を実現しました。考えてみれば、日本は古代から外部に自らを開き、世界の変化に不断に適応してきたのです。適応こそが日本の本質ではないでしょうか。明治維新にカジを切った英断が改めて求められています」（読売新聞、二〇一九年二月二十八日）と話している。そのインタビューで、伊豆半島を例に出して、「私は昨春、鎖国下の幕末に黒船を率いて開国を迫った米海軍ペリー司令長官ゆかりの地・静岡県下田市に行き、錆びたシャッターの連なる寂しい通りを歩き、日本の人口減少を実感した」とも語っている。

悲観することはない。日本人は、いざとなれば、必ずや事態打開に向けて動き出すだろう。そして条件が整えば、外国人も含めて、働き手は必ず伊豆にやってくる。

もう一度伊豆半島のすばらしさを思い出してみよう。

内からは山々によって、外からは長い海岸線によって守られた天然要害の地。喧噪から守られ、山海の幸にも恵まれ、源泉かけ流しの温泉も点在する。

重ねて言う。仕事から解放され自由の身となった人々にとって、伊豆半島はかけがえのない土地柄なのだ。

＊注1　消滅可能性都市とは二〇一〇年から二〇四〇年までの間に「二十〜三十九歳の女性人口」が半分以下になる都市を指す。

＊注2　高齢化率とは六十五歳以上の占める比率。

＊注3　伊豆半島十市町とは、西伊豆町（四八・七パーセント）、熱海市（四六・三）、南伊豆町（四四・九）、松崎町（四四・七）、東伊豆町（四三・七）、河津町（四一・二）、伊東市（四一・二）、下田市（四〇・四）、伊豆市（三八・八）、伊豆の国市（三一・九）。カッコ内は二〇一八年四月一日現在の高齢化率。日本全体（二七・三パーセント）や静岡県全体（二八・七パーセント）と比べると格段に高い。

「早寝早起き」が健康の基本

三十年ほど前、友人に勧められて読んだ本がある。

スタンフォード大学医学部教授のウォルター・M・ボルツ博士が書いた『あなたは死に急いでいる』(原題は『We live too short and die too long』、今村光一訳、経済界)だ。鋭い視点で現代医学のあり方に警鐘を鳴らす名著で、私の心を捉えた。医学は「焦点を治療から予防に方向転換しなければならない」と説き、続けてこう書いている。

「このことは、人が齢をとるにつれ益々緊急性を増してくる。われわれは老化の治療はしないが、それがもたらす時期尚早な衰弱の多くを予防することはできる。これはわかりきったことだ。これははっきりしたことだ。それでは、それほどわかりきっていてはっきりしているなら――なぜそれをやらないのか?」と。

博士はまた、健康に「よい」習慣として次の七点をあげている。

一　毎晩七～八時間の睡眠

二　ほとんど毎日朝食をとること

三　食間のおやつをたまにしか、あるいは全くとらないこと
四　平均的な体重
五　身体活動を頻繁に、あるいは時折行うこと
六　禁煙
七　一日四杯以下の飲酒

そして、この習慣をすべて守った人とほとんど守らなかった人との間には、健康状態に多くの差が出ることを、年代別のグループに分けて、具体的な数字で示している。

博士は、この七つの習慣をさらに簡潔にまとめ、聴衆を前に語った。

「健康とは三つの事柄をいいます。よい栄養、十分な休養、それに十二分な運動です」と。

当時五十歳代半ばだった私は、以来この名著の指摘を、「おおむね」忠実に守ってきた。「おおむね」と断ったのは、こうした健康上の掟をあまり窮屈に考えると、かえってストレスの原因となるからだ。時には食間に大福を二つ食べたとか、深夜に及んで徳利を五本以上空けたとかと脱線することもあるが、人間なら誰でもあること、いちいちとがめる必要もない。現役時代なら仕事上やむをえない場合も多いし、後刻調節すれば何とかなったものだ。

それでも七十歳を超え伊豆に移り住んでからは、脱線もだんだんと回数が減った。周りの環

境が私の生活のリズムを律するようになってきたからである。

まず博士の言う「十分な休養」だが、私は早寝早起きが基本だと考えている。

夕食は「一日四杯以下の飲酒」から始まる。ボルツ博士はアメリカ人の日常感覚で大雑把に言っているが、日本流に直すと、「一日缶ビール二缶または日本酒二合以下」となろうか。この量は八十歳代半ばの日本人には十分すぎる量である。私は毎晩欠かさず晩酌を楽しむから、夕食後テレビを見ても読書しても、三十分もたたないうちに居眠りが始まる。だから、十時前後には床に入る。七時間程度の睡眠として、翌朝四時か五時には目が覚めるが、休養はこれで十分なのだ。

かくして、四季を通じて、私は早朝の貴重な時間帯を手に入れる毎日だ。春先から秋口にかけては早朝散歩、目を覚ましたばかりの自然が満面に笑顔をたたえて私を待っている。冬をはさんだ半年間は読書か物書きに没頭する時間帯、朝は頭の回転が一番いい。

昼食後のひととき、その日の新聞を読む習慣がある。長椅子かベッドの上で背を伸ばすと、読み終わらぬうちに眠気におそわれ、ついこっくりこっくりすることが多い。夜間の睡眠時間が不足しているときはこうして不足を補い、午後の活力を取り戻す。

博士が、栄養と運動に並べて「十分な休養」と強調するのは、働き盛りが陥りがちな「働きすぎ」を戒めるためだと思う。アメリカ人以上に、日本人はこの博士の忠告に耳を傾けるべきだろう。また、どちらかと言えば、日々刺激に包まれて過ごす都会生活者ほどこの忠告を大切にすべきだろう。

伊豆住まいは自然に抱かれての日々。ストレスも都会ほどではないから、多忙な職種に就く人々を除いて、ことさら休養不足に警鐘を鳴らす必要もないだろう。早寝早起きを日常とすれば、それで十分ではあるまいか。

鮮魚三昧の日々

ボルツ博士は「よい栄養」と言っている。欧米人と日本人では体格も食生活も異なるから一概には言えないが、最近は寿司や刺身がヘルシーだし味も上々とあって、海外でも評価されるようになった。多くの日本人にとって魚は昔から貴重な栄養源であったし、伊豆の住民ともなれば、魚嫌いなど聞いたこともない。伊東のスーパーと都心のスーパーの売り場を比較しながら一巡すれば一目瞭然だ。伊東の魚売り場は質量ともに都会のそれを圧倒している。

伊豆に住み始めたころ、家族が訪ねて来たときなど、早朝、バケツを持って富戸漁港に出かけたものだ。東の空がうっすらと紅色に染まり始めるころ、定置網にかかった魚たちを積んだ小型漁船がかなたに姿を現す。

着岸した瞬間、待っていた買い手たちは一斉に船に群がってゆく。半プロ級の男たちは先を競って魚を選ぶし、ペンションの主とおぼしきおかみさんたちは悠然と構えながらも、今夜の客人の数や好みを想像して、矢継ぎ早に魚を選ぶ。私ごとき常連でもない一介の買い手は気後

富戸港で定置網船の到着を待つ妻・愛子

れして、後に控えて順番を待つ。それでも、気がつけば、食べきれないほどの鮮魚をバケツに入れて、帰路についていたものだ。

移住した当初、私は魚の調理を身に付けようと思って、日本橋の木屋まで出かけて刺身庖丁を買った。以来、富戸港から持ち帰ったサバなど相手に三枚おろしから始めて修業に励んだものの、いまいち熱が入らず三日坊主に終わった。台所仕事に関しては、今日に至るまで、私は皿洗いなど下働きに徹する日々だ。

ここ十年ほどは、鮮魚の調達はスーパーで済ます。二人暮らしならそれで十分なのだ。わが家は普段、「デュオ」で買い物する。デュオはスーパー「アピタ」を中心にして、多くの地元商店が集まる小型のショッピングセンター。ひとつの建物の中にこじんまりと納まっていて、ひと通りの買い物をするには大変便利な店である。

この中に三軒の魚屋がある。アピタ直営の売り場と、二つの地元業者の店だ。アピタは大手スーパーだから全国各地の魚が店頭に並ぶし、売り場面積も広い。一方地元業者の店には、伊東港とか網代港とか地元産の鮮魚が並ぶ。「朝採り」とか「脂のってます」とか書き添えて、客の心を捉えようと懸命、ときおり私もその罠にはまるが、後悔することはめったにない。

その一つが中門水産、通称「なかもん」だ。おかみさんたちが売り場に立つ。漁師の血を引いているのだろう、「はいー、いらっしゃいー、今日は何買ってくれるのぉ」と歯切れがいい。

通ううちに店を取り仕切る若旦那と昵懇になった。

「正月家族が十人ぐらい集まるから、三千円の盛り皿を二つつくってくれる」

「年末は値段がうんと上がるから、それじゃ外からきた魚ばっかりになるよ」

「分かった。一万円出そう」

大晦日の晩、食卓に並んだふたつの盛り皿を見て、娘婿がうなった。

「お父さん、これはすごい。随分弾みましたねえ！」

日頃店頭に並ぶ魚は多種多様だが、代表格といえばキンメダイだ。伊豆半島の水揚げはダントツで全国一、その上保存技術の進歩もあって、ほぼ毎日店頭を飾る。煮つけが一番人気らしいが、わが家ではもっぱら刺身として食べる。目が金色に輝き魚体が美しい紅色をしていることからこの名前がついた。大型魚ほど脂がのっていておいしい。さっぱりした味わいと脂のバランスが絶妙なのだ。難点は、産地といえどもタイやヒラメよりも高い値段だ。わが家では、来客時以外はめったに買わない。

値段が手ごろでおいしいとなると、季節にもよるが、筆頭はやはりアジか。もちろん刺身として食するが、伊豆住まいのありがたさが身に沁みるひとときである。イワシだって悪くない。「朝どり」を刺身にして、その夜食べれば、そのうまさに小躍りしたくなるほどだ。イサキは店頭の常連。個性派ではないが値段が手ごろだし、鮮度は抜群である。

イカ類も豊富だ。少し値が張るが、伊豆のアオリイカやヤリイカは逸品だと思う。ときおり店頭に出るアカイカもいい。私は都会の友人に、「伊豆はイカの宝庫だぞ」と言って憚らないのだ。だが、伊豆のマイカは宣伝しない。北海道で口にするマイカのうまさと比べてしまうのだ。市内にあるなじみの寿司屋でイカを握ってもらったとき、ご主人が言った。

「三倍もするんですけど、うちではアカイカを使っています。マイカはねえ、ちょっと噛みづらくて、お年寄りに敬遠されるんです」

サバも店頭では常連の方だが、ゴマサバが多い。マサバの方が高級だと思っていたが、店のおかみさんたちは、「シーズンによってはゴマサバもおいしいよ」と言う。わが家では朝どりのサバを刺身または少々酢でしめて、その夜食べる。味噌煮にしても結構いける。

ときおり店頭に並ぶイシダイやカワハギは、品質さえよければ買い求める。少々高いと思っても、都会の値段を知っているから、惜しくないし、いずれも絶品だ。

カソゴもときどき見かける。店のおかみさんたちは「煮つけもいけるよ」というが、私は唐揚げが最高だと信じているから、これは外食時の楽しみにしている。家で揚げるには手間がかかりすぎるのだ。

少し変わり種ではサヨリとかヤガラなど。さらりとしているが深みがあってうまい。

車で出かければ、半島のあちこちに珍味が待っている。

下田の街中を通り過ぎいっとき走ると弓ヶ浜海岸に行きつく。円弧を描いてかなたまで続く広々とした海水浴場。白い砂浜を眼下に収めるようにして休暇村・南伊豆のホテルが立ち、道を隔てて海産物の卸屋「青木さざえ店」がある。食堂も経営しているのでときおり訪ねる店だ。水槽に入ったサザエやアワビやイセエビを選んで、目方にかけて買い取り、その場で調理してもらうのだ。イセエビもアワビも伊豆一番であること間違いなし。ご主人もおかみさんも好人物で、ふたたび足を運びたくなる店だ。

タカアシガニとなると、日本一の産地が西海岸に控えている。沼津市の南端、戸田漁港だ。漁の期間は九月中旬から五月初めまでだが、冬場がお勧めだ。船を持つ漁師民宿に予約して出かけると、ご主人が言った。

「昨日舟を出して獲ったんだよ。一尾の注文だったがね。脚が二つ欠けたのがあったので、一緒にして盛ったから。二尾分はあるよ」

なるほど三人では半分平らげるのが精いっぱい。こんなおもてなしは漁師経営の宿でないと味わえない。

弓ヶ浜海岸も戸田港もわが家からは日帰りの距離だが、珍味を頂戴するのにアルコール抜きなど考えられない。伊豆半島では、珍味の穴場あるところ、周辺には必ず素敵な宿がついている。一泊してじっくり味わうことをお勧めしたい。

散歩とゴルフ

ボルツ博士は「健康の原則はシンプル」だと言って三つの要素を指摘したが、運動については「十二分な運動」と、特に強調している。運動と言ってもさまざまだが、散歩とゴルフは誰にでもできて、しかも歳に関係なくいつまでも続けられるスポーツだ。

私は「散歩」という言葉が好きだ。何となく余裕があって響きもいい。でも、気の向くままにぶらぶら歩くというニュアンスもあるようで、少々気にかかる。家を出て歩き出すと、「気の向くまま」ではあるが、健康を意識して幾分速足で歩く。ノルディックウォーキング用のストックを使うので、はた目にはなおさら一生懸命歩いているようにも映るらしい。「お元気そうですね」と声でもかかれば、すぐおだてに乗って、さらにスピードアップする。でも、心の中は散歩だ。速足でも心に余裕を持って歩く。四季折々の風景を楽しみ、行き交う人と挨拶を交わしながら歩く。

四十歳代半ばごろ運動不足を反省し、ジョギングを始めた。職業柄、毎晩宴会をこなす日々が続いていたころだ。一か月もすると五、六キロ走れるようになり、半年後にはハーフマラソンに挑戦した。走る魅力に取りつかれた私は、その後もときおり市民マラソン大会に出て、フルマラソンも六回走った。六十一歳で走った河口湖マラソンの四時間二十二分がベストタイムだ。出場者の中ではかなり遅いタイムだったが、ゴールには完走者だけに与えられる最高の達成感が待っていた。

伊東に住まいを移したころから走るのを止め、散歩に切り替えた。

背を伸ばし自然の中の小径を一人歩く。ときには踏み跡をたどってさらに脇道に入り、土や草の感触を確かめながら歩く。朝は一日中で一番足腰が軽やかだし、頭が透明だし、その上申し分ない環境だから気分も上々。前夜気にかかった事柄が嘘のようにすっきりしたり、行き詰まったまま床に入った次の文章の書き出しがすらすらと頭に浮かんだりもする。

行き交う人もさまざまだ。土地柄、リタイア組とおぼしき年配者が多いが、学校に向かう子供たちに出会うこともしばしばだ。私の散歩コースの一つに近所の小学校前をたどる道がある。七時を少し過ぎるころには、早い子供はもう学校近くを歩いていて、朝の挨拶を交わす。甲高い声で、

「おはようございまーす」

と挨拶する元気いっぱいの子供もいる。こちらも負けずに、

「おはよう。元気がいいねえ」と応える。

犬連れの散歩人も多い。

「かわいい犬ですね。いくつになりました？　オスですか。それともお母さん？」

犬好きだから、私もつい饒舌になる。でも多くの犬は十分訓練を受けていないせいか、それともペット扱いで甘やかされているためか、あちこち道草を食っていて、飼い主氏もそれに歩調を合わせるように、犬と一緒にぶらぶら歩きだ。運動ならもう少ししっかりと歩いた方がいいと思うが、顔には出さない。

もう一つ、運動不足を補うためにここ数年続けているのがゴルフだ。

三十代半ばから始めたゴルフだが、一向に上達しないまま時が過ぎた。八十歳を迎えるころ、女房が骨折して足が遠ざかり、一緒にプレーしていたクラブ仲間の友人夫妻が伊東を去ってしまって、相棒がいなくなった。

（月一、二回程度のゴルフだし、ぼつぼつ年貢の納め時かもしれない）

でも、と思った。止めてしまうと、長年つき合ってきたゴルフ仲間と縁遠くなるし、運動不足にもなりかねない。晴天下フェアウエーを闊歩するあの清々しい気分を思い出し、いとおしくも思った。

（ホームコースがあるではないか。一人プレーでもいいからゴルフを続けよう）

以来、八十代後半にさしかかった今も、月に二、三回はホームコースに出かけて、多くの場合一人でプレーする。スコアこそ三けたの数字が続くものの、精神状態は極めて良好だ。混雑する週末を避けて好天のウイークデーを選び、できるだけ早朝にスタートするから、前半は一時間半強、後半も順調にプレーできれば昼前後にフィニッシュする。コースはわが家から車で十五分だから、午後は家でゆっくり休養したり、気が向けば庭仕事に励んだりと有効に一日を使う。

そうこうするうちに、ご近所のゴルファーから声がかかった。舞台は私の散歩コースの一角、ゴールド川奈カントリーだ。車で数分だし、飲み仲間でもある友人たちだから月一、二回愉快なひとときを過ごす。

考えてみれば、一人になってもゴルフを継続していたからこそ、こうしたチャンスが巡ってきたわけだし、年数回ある昔の職場仲間との懇親ゴルフ会にも欠かさず参加できるのだ。

ホームコース・伊東カントリークラブにも多々感謝である。一人プレーを特段の割増金も取らず受け入れてくれるおおらかさと、毎回笑顔で迎えてくれるスタッフに対して。私を早朝ゴルフに誘うのは、私自身の意志というよりも、こうしたコース関係者の温かい対応なのだ。

ゴルフとはまことに奥行きの深いスポーツである。プロの世界は別として、アマチュアゴルフにはスポーツの要素に加え、ゲーム性とそこから生まれる遊び心があり、「たかがゴルフ、されどゴルフ」という名文句を生んだ。順位をつけて賞品を出したりするのも娯楽性ゆえであって、悪いことではない。

その上で言うのだが、ゲーム性も遊び心も大いに結構、でも心身の健康に役立つスポーツだという一点が欠落しては元も子もない。

昨今やたらと増えたのがコース内を走り回るカートだ。元をただせばコース経営の必要から導入したシステムだろうが、今やプレーヤーにとっても当たり前になった感がある。でも、自然の中を泰然として闊歩する幸せを放棄するとは、何と不幸なことか。

「歩けるうちはゴルフができる」と言ったゴルフ評論家がいた。私は「ゴルフするうちはできるだけ歩こう」をモットーにして、これからも自然と戯れ続けるつもりでいる。

源泉かけ流しの湯にこだわる

伊豆半島は温泉の宝庫である。

ちなみに日本の名だたる半島名をあげたとき、すぐ温泉をイメージするのは伊豆半島ぐらいだろう。半島の東海岸や天城峠越えの下田街道沿いには、温泉場が多いし、なかなかの名湯も存在する。西海岸に回り込んでも、鄙びた温泉が点在しているし、眠ったままの泉源もあるに違いない。

私は温泉マニアではないが、それでも旅に出るときは温泉宿を選ぶことが多い。山あいに湧くひっそりとした湯が好きだ。こうした宿は、渓流沿いの一軒家だったり、せいぜい数軒の宿が周囲に見え隠れしていたりと、俗世間の垢を洗い流したような環境の中に、息を殺してたたずんでいる。満天の星の下、露天風呂に浸って目を閉じれば、万感が脳裏をよぎる、そんな宿である。

これまでに訪ねた温泉場を思い出してみようと、百か所近くまで書き出してみたが、記憶が不鮮明になっていたりして、途中であきらめた。代わりに、ここ二十年ほどの間に訪ねた「日本秘湯を守る会」の宿を数えると五十か所ほどになった。この会は、会員数百六十五軒と小ぶりではあるが、四十年の歴史を重ね、会の理念もしっかりしている。多くは源泉かけ流しの湯だ。静岡県の会員五軒はいずれも伊豆半島にある。それも、半島随一の温泉ロード・東海岸の国道沿いではなく、半島中央を南下する下田街道沿いに三か所、交通至便とは言いがたい西海岸松崎町に二か所だ。

伊豆半島の湯を鄙びた東北や北海道のそれと比べるのは、酷というか筋違いである。「秘湯」という言葉のニュアンスを考えれば、伊豆の湯はちょっと開けていて、都会風ではある。でも首都圏に近い立地条件を考えれば、秘湯と呼ぶに値するだろう。加えて、食卓に並ぶ海の幸は伊豆ならではの品ぞろえ、内陸深くにたたずむ宿とは趣を異にして、はるかに豪華だ。五つのメンバーはいずれも一度は訪ねてみたい宿ばかりである。

晩秋のある日訪れた湯本館はその一つ。伊豆箱根鉄道・修善寺駅から下田街道を二〇キロほど山中に分け入った湯ヶ島温泉の一角に、その宿はあった。多くの文人に愛された宿で、一九〇八年（明治四十一）築の建屋の一角に川端康成が長らく逗留したという一部屋が昔のままの姿で保存されていた。川端はこの部屋で『伊豆の踊子』も執筆したらしい。川端が浸かったという露天風呂もそのままだった。

湯本館のご主人は「狩野川《かのがわ》台風（一九五八年）で、河原の大岩を背にして設えた露天風呂は流されてしまいました。川端先生のお気に入りで、映画のロケ中、美空ひばりさんも入った湯でした。でも川端先生はそのあとつくった今の露天風呂にも入っていただいています。お亡くなりになったのは昭和四十七年でしたから」と話してくれた。

湯船から所かまわずあふれる出る湯が直下の渓流に吸い込まれながら去ってゆく。せり上がる対岸の崖に根づいた木々が、首を垂れ、枝先からわずかに色づき始めていた。温《ぬる》めの湯だが、身を沈めるとじわじわと肌を癒し、温まるほどに心地よい。これぞ秘湯の湯だ、そう思って私はしばし瞑想した。

ロビーに戻り、書物を広げるうちに、『伊豆の踊子』が六回も映画化されていることを知った。初回の作品は、私の誕生年と同じ一九三三年（昭和八）作。主演女優は田中絹代さんだった。そして第二作の主演者に美空ひばりと石濱朗が名を連ねていた。一九五四年（昭和二十九）

の作だから、そのころは河原の露天風呂も健在だったのだ。

川端が定宿にしていたというもう一つの温泉宿・福田屋が天城峠から一〇キロほど南に下った湯ケ野温泉にある。この宿も「日本秘湯を守る会」のメンバー、私はこれまでに二回お世話になった。川端が泊まったという部屋から渓流を隔てて古びた木造家屋が見える。在りし日の川端を知る大おかみが、「先生はこの窓から手を振る踊り子たちをご覧になったのですよ」と話してくれてから、もう六、七年はたったろうか。

川端は、踊り子がまだ子供なんだと気づいた主人公の気持ちをこう書いている。

「若桐のように足のよく伸びた白い裸体を眺めて、私は心に清水を感じ、ほうっと深い息を吐いてから、ことこと笑った」

大正時代半ばの風情だろう。いっとき軍靴の音が遠ざかり、旅路にも、人の心を包み込むおおらかさがただよっていたに違いない。

川端が浸かった創業以来の榧風呂《かやぶろ》は屋内にあった。露天風呂派の私は外に出て、頭上にモミジ葉を受けながらひとしきりに温湯に身を沈め、一人瞑想したものだ。

もう一つの秘湯の会のメンバー、西海岸の桜田温泉・山芳園を訪ねたのは年明け間もない一月下旬だった。松崎町は「日本で最も美しい村」連合に静岡県で初めて加盟した町。地域資源として「石部の棚田」「なまこの建造物」「塩漬けのさくら葉」の三つを申請し、美しい村連合のメンバーとなった。山芳園は松崎町自慢の重厚ななまこ壁の蔵をそなえた一軒宿、ひときわ目を引く構えであった。

この宿には湯場が五つあったが、私はいつもの通り、まずは露天風呂に浸かろうと思った。交代制と聞いて少しがっかりしたが、先客が出るのを待って入ってみた。

驚くことが二つあった。まず広さ。縦一二メートル、幅も三~四メートルはあろうか、とにかく広くて長い。もう一つ、湯加減がすばらしい。五メートルほどの石積みの上から湯が滝のように流れ落ちてくる。泉源の温度は七十度強あると聞いたが、この冬場どうして温度をコントロールするのか。

「工夫がありましてね。冬は滝の途中から別の熱い湯を加えているんです」

パンフレットに「加水しない、空気に触れない、圧力も抜かない」とあったが、何やらいろいろと仕掛けを凝らしているらしい。

「以前は混浴だったんです。でも入るお客様がうんと少ない。考えた末、交代制にしました」とおかみさん。

(広すぎるほどの湯船だ。二つに分けたらどうなるか……)

他人事ながら、男女別の露天風呂ができないものかと思案するうちに、つい長湯になった。

夕食膳もすばらしかった。

魚中心にまとめた料理で、刺身が四品。テーブル上にメモがあった。

「本日のお造り・イナダの酢〆、ヒラスズキ、マトウダイ、サヨリ」

続いて粕漬けしたギンダラの焼き物、キンメの山芳園風煮つけ……。内陸産の肉類など余計なものを出さないのが気に入った。

この宿は、一九八〇年開業と新しい。湯河原辺りでミカン園を営んでいた先代が当地でも協力者を得てミカン栽培を始めたのがきっかけと聞いた。今の夫婦になって温泉宿を始め、二代目の長男も結婚して今や働き盛り、料理も一手に引き受けているらしい。

「でもねえ。うちの息子、この仕事はブラックだから大変だなんて言うんですよ」

「早くお孫さんがほしいでしょう」

「駄目よ、それ、今は禁句なんだから」

(そう言いながらも、おかみさんの眼が笑っていた。)

「私、嫁に来た身だから。でも威張っていますけれど」

温泉は何といっても源泉かけ流しがいい。少し譲って、源泉温度が高すぎる湯に加水するとか、四十度を超える湯でも冬場に限って多少加温する場合には、目をつぶることにしている。でも、四季を通して加温したり、ましてや、循環させたりする湯は極力避ける。本物の温泉に浸かったという充足感まで薄まってしまうからだ。

混浴もめっきり減った。時代の流れだから致し方ないが、昨今、増え始めた水着をつけて入る混浴は何ともグロテスクだし、温泉文化を台無しにする。そういう宿に巡り合ったときは、私は我慢して内湯に身を沈め、露天風呂に入ったつもりで一人窓越しに外を眺め続けるのだ。

お医者さんと老人ホーム

歳をとると、五体満足というわけにもいかない。耳が遠くなったとか、車の運転の際の反応が鈍くなってきたとか、泥棒よけに隠した実印や預金通帳が行方不明になったとか、日常茶飯事である。

お医者さんの世話になることも多くなった。

最近、一晩泊まりのゴルフ会に参加したとき、後輩におだてられて前夜十時過ぎまで飲んだのがいけなかった。翌朝、気分はすっきりだし、「よしやるぞ!」と思ったまではよかったが、二、三ホール回るうちに右ひざがおかしくなった。パターのラインを読もうと腰を下ろしかけたところ、右ひざが思うように曲がらない。無理すると、ひどい痛みが走った。翌日になると足の裏がしびれ始め、この症状がしばらく続いた。

やむなくかかりつけの外科医・青木クリニックの大先生を訪ねた。私が「大先生」と呼ぶのには訳がある。十数年前、本州横断歩き旅の途次、崖から落ちて大怪我をした。その時の事情はすでに書いた通りだが、その大怪我を完璧に直してくれた恩人が青木先生だったからだ。

「先生、これ治りますか。それとも老化現象ですか」

「ちょっと炎症してるんですよ。老化といえば老化もあるねえ」

「でも、まだまだ歩き旅にも出たいし、何とか治したいんですが……」

「注射する方法もあるけどねえ。とりあえず電気治療と湿布ぐらいにしようか。痛いあいだは無理しない方がいいですよ」

何ともつれない会話だが、よく嚙みしめてみると、医者としての適切な示唆があれこれ含まれている。言われた通りしばらく散歩を止め、電気治療に通ううちに、次第に症状が和らぎ、通常の生活が戻ってきた。

青木さんは昨年開業三十周年を迎えた青木クリニックの院長。外科以外にもいくつかの診療科を備える。二〇一六年の静岡県知事賞に続いて、二年後、厚生労働大臣賞を受賞している。これまでの地道な医療活動・救急医療に対する貢献や地域に根差した地域医療などが評価されての受賞だったと聞く。毎月小冊子『絆』を発行し、「おうちで筋トレ」とか「今日から始める認知症予防」とか、予防医学の浸透にも心を砕く、懐深いお医者さんなのだ。

もう一つ、日ごろ通っているお医者さんがある。二代続いて内科医を営む高野医院だ。お父さんの時代からお世話になってきたこともあり、だんだん心やすい間柄になってきた。医者と何とかは疎遠な方がいいというたとえ話もあるが、それは六十歳代までのこと。八十を過ぎたら「主治医」の一人ぐらいはあった方がいい。

私は、風邪を引いたり腹をこわしたとき以外は、目下のところ、血圧と痛風の薬を処方してもらうため、月一回先生に会う。

「特別異常ありません」が私の常套句。

「血圧、上が一二〇台で下が七〇台だから、いいですよ。この前の検査、○○が○○だったからちょっと要注意だねえ。日ごろからまめに水分を取ることに気をつけましょう。まあ、気をつけていきましょう」

先生の常套句は「水分を取りましょう」と「気をつけていきましょう」だ。当たり前の一言にも聞こえるが、主治医としてはこれで十分だ。一級の助言だと思って、私は心地よく高野医院を後にする。

この先生、患者が多くて多忙を極める。

「先生、昼飯たべていますか。ちょっと忙しすぎませんか」

「そおねえ。菅さんのように旅にも出たいけどねえ。家内もそう言っていますよ。（一呼吸置いて）あれ、社会の窓が開いていますよ」

私の股間を指してニコリと笑った。

お医者さんも万能ではない。一〇〇パーセント完璧な診断を期待するよりも、心の通った示唆を受け、それを自分（患者）なりに咀嚼して実行する。そんな医者と患者の信頼関係が一番大切であろう。冗談の一つも言って患者の心を捉えるお医者さんは、やはり「名医」なのだ。

一旦田舎住まいを選んだ人の中には、ときおり都会へとUターンしていく人がいる。子供の近くに住むことにしたというのが一番多い理由だし、適切な判断だと思う。だが、時には医療への不安を口にする人もいて、私をがっかりさせるのだ。伊東には市民病院という総合病院があるし、前記の両先生ような街の名医もいるではないか。脳外科など伊東にはない専門分野の医療については、ヘリコプターによる緊急搬送のシステムもある。それでも不安なら、子供の近くより大病院に隣接したマンションにでも住めばいいのだ。

それにしても人は年々老いてゆき、いつの日かには日常の茶飯事でさえ手に負えなくなるときが来るはずだ。わが身にもその兆候は表れ始めており、私も数年前から「その日」に備えて老後を過ごすいろいろな施設について調べてきた。

ひと口で「老人ホーム」と呼ぶことが多いが、私が調べたのは老人福祉施設（特別養護老人ホームとか老人デイサービスセンターなど）以外のいわゆる「有料老人ホーム」で、ほとんどは民間が経営している施設だ。

まず市役所で概略を聞いてからあちこち回ってみたが、「有料」の内容はさまざまで、欲を言えばきりがないことを改めて知った。ただ、ありがたいことに首都圏と比べれば当地の施設は入居費用がいくぶん安い上、いつでも入れる大きな温泉風呂を備えていたり、緑に囲まれたり海を見下ろしたりと、都市では求めにくい好条件がそろっている場合が多かった。「終《つい》の住《すみ》処《か》」を伊豆半島に求めたのは、やはり正解だったと思う。

同じことを考えたり実行したりする知人も増えてきた。

三島市に住む同世代の知人は早々と近隣の有料老人ホームに移った。自宅を残したままだから、そこから自宅へ出向いたりゴルフ場へ通ったりしているらしい。

裾野市にはもう一人、十年ほど前に細君に先立たれ、お嬢さんと二人で暮らす友人がいる。他人の意表を突くようなユニークな発想を得意とする快男児だが、この話を耳にして、早速そのホームに出向き、談判したという。

「おれ、早速そのホームに行って、娘と二人で入りたいがよろしいかって聞いたんだ。相手は戸惑っていたけどねえ。前例がないことだし検討してみますって言ってたよ。ハッ、ハッ、ハァー」

私はこの友人ほど厚かましくはないが、それでも下調べに出向いて費用とか食事とか温泉の有無とか聞いたあと、

「ところで、食堂でのお酒は自由ですか。持ち込みもいいですか」

と質問する。他のことは聞き漏らしても、この質問だけは欠かしたことがない。こうしてこれまでに数か所の老人ホームを調べて回り、おかげで知識も豊富になった。万事が面倒になった老人にとって、しかも身内に負担をかけまいとすれば、これほど至れり尽くせりの居場所は他にあるまい。いずれお世話になるかもしれず、今は、その節はよろしく頼むという心境である。

その上でのことだから小声で言うしかないが、やはり自宅住まいが一番。できるだけ続けたいと思う。お金を倹約したいという気持ちもあるが、それ以上に、自立して自由気ままに暮らしたいのだ。

考えてみるまでもなく、八十数年といえば相当な年月である。結婚してから数えても今年（二〇一九年）十月で満六十年、ダイヤモンド婚の祝いを迎える。女房には長い間世話になった。お互い過度に干渉せず自立して生きてきたつもりだが、差し引きすれば私の方に借りが多かったこと間違いなし。あの世で返すことができればいいのだが、サテハテ……。

「都合のいいことばかり言って、いい加減にせんかいな」

ですって？　そういうあなたはどなた様ですか、ととぼけてみたいところだが、もうお分かりの通り、その重々しい諫言《かんげん》は一番身近なところから聞こえてくるのが常である。

酒は飲むべし、たしなむべし

酒の話に及んだからには、もう少し続けたい。

考えてみれば、若いころからよく飲んだものだ。現役のころは「休肝日」などと称してときどきアルコールを絶つ日を設けたこともあったが、長続きはしなかった。ましてや八十も半ばを過ぎた今、何ゆえに酒を断つのか。まあそんな理屈をこねて、毎晩飲んでいる。断っておくが、昼は飲まない。ゴルフ場で昼食時間に飲む御仁もいるが、スポーツの途中での飲酒は邪道だ。

昨今、年寄り仲間が集う時間帯が繰り上がってきて困っている。午後も三時以降の開宴なら我慢もするが、真っ昼間から杯を交わし、夕暮れ前、千鳥足で帰路につくのはどうにも性に合わないし、他人様にとっても迷惑であるに違いない。

酒はやはり夜が一番だ。「お前、偉そうに言うが、ちゃんと家にたどり着けるのか」ですって。そこが問題なのだ。帰路、列車を乗り越してしまって、戻る列車がなかったとか、昔はよくやったものだ。でも今では歳相応に慎重になった。三島市周辺の友人と飲む時は、もったいないがビジネスホテルに投宿する。三島駅から熱海経由伊東までＪＲで帰ればいいのだが、その間に二つの関門をクリアしなければならない。熱海駅での乗り換えと伊東駅での下車だが、二つとも乗り過ごした過去があり、ホテル代以上の出費となった。

最近は、幸か不幸か、そういう宴席はめっきり減り、ほとんどは家での晩酌である。酒量も次第に減って、普段は缶ビール一缶とグラスワイン二杯か日本酒一合ぐらいがちょうどいい酒量になった。友人と飲んだり、自宅でも今日はゆっくりくつろごうと思ったりしたときはその倍は飲むが、これはこれで至福のひとときだから、満を持してテーブルに着く。

日本人は、どういうわけか、宴席でもまずビールから始めることが多い。欧米人もビール好きは多いし、夕暮れのひととき勤め帰りの男女が路上にあふれてジョッキをあおる風景は、国によっては街の風物詩にも近いが、食卓を囲むとほとんどがワインである。

その点、日本人の好みは地域によっても年齢によっても多種多様、ビールはもちろん、日本酒あり、焼酎あり、ワインあり、ウイスキーやブランデーあり、最近は訳の分からぬカクテル風の飲み物まで登場して、しのぎを削っている。

わが家とて例外ではないが、昨今はワインか日本酒、ときにはウイスキーのハイボール、そんなところが中心になってきた。

「酒をたしなむ」とはいい言葉だ。広辞苑でも大辞林でも「たしなむ」とは「好んで親しむ」と書いてある。大勢集まってワイワイやるときの酒は会場を盛り上げるための気つけ薬に過ぎないから、何でもよろしい。でも数人で、あるいは一人静かに飲むときは、「今日は何を飲むか」から始まる。おいしい料理が目の前にあれば、やっぱり日本酒かワイン、つまり醸造酒だ。和食なら日本酒、洋食ならワインと決めることはない。そのときの心の赴くまま選べばよいのだ。わが家で客人を迎えるときは、それぞれの好みによって選べるようにと、サイドテーブル上に、いろいろな種類を並べている。

現役時代、仕事を終えて列車や飛行機を待つ間のひととき、カウンターで飲む一杯はウイスキーのオンザロックなど蒸留酒が最高だった。今でも旅先の夕食前のひととき、庭先のベンチやロビーでくつろぎながら飲む酒は、ビールもいいが、ウイスキーとかちょっとしたカクテルも悪くない。シェリー酒などもちょっとお洒落な気分になっていいものだ。

ここまで書くと相当のアルコール通と思われそうだが、味覚についてはよちよち歩きだ。日本酒で言えば好んで辛口を選ぶものの、銘柄を指定するほどのこだわりもないし自負もない。それでも出まかせに、今日は「〆張鶴」にしようかとか、静岡県人が多いから「正雪」でいこうとか、いっぱしの口をきいたりもする。

その点ワインはブドウの種類が多様で、産地も世界中に広がるから選択肢は無限に近いが、それだけに選ぶとなるとなかなかむずかしい。ラベルすら満足に読めない場合が多いから、店頭では産地、ブドウの品種、価格などを見ながら適当に選ぶ。レストランでも同様だ。ブドウの品種に着目したのは最近のことだが、これは正解だった。赤ワインでいえば、目下のところ、カベルネ・ソーヴィニヨン、メルロー、シラー、ピノ・ノワールなど数種類だが、飲み比べるうちに少しずつ特徴が分かってきて、ワインが一段と身近になった。

ところで、酒の効用とは何か。

まずはほろ酔い加減になるにつれてふつふつとして湧き出る解放感。遠来の友でもあれば、無沙汰続きだった過去が一気に埋まり、一人ぼっちであれば、昼間の失敗などけろりと忘れて、宙に羽ばたいて天下を睥睨《へいげい》する心境にもなる充足感。度を越さなければ健康へのプラス効果ありと信じる安心感。そして旅先での一杯ともなれば、高揚感も尋常ではない。

十年ほど前、四国へんろ旅で土佐路の道すがら出会った山頭火の句碑を思い出す。「高知へ日に日に近うなる　松原つゞく」と詠んだ一句を刻み、その下に『四国遍路日記』の一節も刻まれている。次の件《くだり》が今も心に残る。

夕方　はだしで五丁も十丁も出かけて　一杯ひっかけて　何といふうまさ　ずぶぬれになった　御苦労々々々

その一年後、山頭火は松山の一草庵で生涯を閉じた。五十八歳、本人が望んでいたコロリ往生であった。
　四年前たどった中山道では、東信濃路の茂田井《もたい》宿で若山牧水の和歌と出会った。これほど率直に酒を愛でる歌は、愛飲家牧水以外が詠んだのでは、様にもなるまい。

　　しらたまの歯にしみとほる秋の夜の
　　酒はしづかに飲むべかりけり

　　ひとの世にたのしみ多し然れども
　　酒なしにしてなにのたのしみ

「百薬の長」という通り、酒は長寿の薬と思えばいい。山頭火とて「コロリ往生」志向ゆえに酒を愛したのではあるまい。私も八十代半ばにさしかかり、だんだんと酒量も減ってはきたが、これからもほどほどに酒を愛し、たしなみながら、神様のお許しが続く限り、長寿を全うしたいと思う昨今である。

人生、下り坂が一番

ぼつぼつ仕上げの一文を認《したた》めねばなるまい。

遅まきながら、最近になって取り組み始めたことがある。やっかい事を後世に残さぬよう身辺を整理し、生活をシンプルにすることだ。

歳をとるにつれ、万事が億劫になってくる。これまでは何でもなかったことが、「よしゃるぞぉ！」とひと声かけねば手に着かない。だから、身辺整理は早く始めた方がいい。分厚いアルバムとか、読まなくなった書籍とか、現役時代の背広とかはどんどん捨てるべし。先祖代々の墓などもどこかで見切りをつけなければ、残された人々が迷惑することもある。捨てるものを捨てれば、自分自身もシンプルライフに徹底できる。

物の整理は決断すれば進むだろう。だが、他人様との「つき合い」となると、ちょっと悩ましい。

昨今は若者世代ほど年賀状を出さなくなった。二〇〇四年（平成十六）に四十四・六億枚だった需要が、二〇一九年にはほぼ半分、二十四億枚になったという。賀状には惰性もあるし、「虚礼」が混じることもあるし、過去の習慣にこだわることはない。同世代の友人からの賀状にも、「今年をもって最後とします」という添え書が増えてきた。私自身は、師走の声を聞くころになると、いささか億劫でも、過ぎ去った一年を思い浮かべながら一生懸命文面を練る。でもいつまで続くことか。

遠路出向く会合も、だんだんと体力勝負になってきた。今日《こんにち》私があるのは友人あってのことではなかったか。そうは言っても、夜の会合であれば日帰りは無理だし危険でもあるから、出先で宿をとる。そうまでして出かけるか、どうか。

若いころ、勤務先の会社に宮田豁也という大社長がいた。親父に近い年齢でいろいろと話題の尽きない人物だったが、後にも先にも生涯を通じ私が尊敬する唯一の先輩であった。ある時その宮田さんが言った。

「君たち、真剣に生きようと思うならば、四十年後の後輩までつき合え」

いささかアジテーション気味だが、宮田さんは実際にそれを実行した人だった。私は今、どの集いでも最年長かそれに準ずる歳になった。十歳〜二十歳、ひょっとして三十歳年下の人もいる集いで、自分の居場所を見つけねばならない。だがそう思って臨めば、意外なほど心地よく仲間入りできるものだ。それでも、

（ぼつぼつ年貢の納め時か……）

そんな想いに浸っていたある日、佐藤愛子の『九十歳。何がめでたい』を読んだ。日常茶飯

事を綴った本だが、「おしまいの言葉」が光っていた。九十三歳を間近に控えて、「讀者の皆さま、有難う。ここで休ませていただくのは、闘うべき矢玉が盡きたからです」などと書きながら、まだ何かをやりたい気分が行間に滲んでいる。とにかく生きることに並々ならぬ執念をお持ちのようで、恐れ入った。

ならば、少しでも真似をしようかという気分にもなる。九十三歳は無理としても、しばらくの間は車を運転し、せめて九十歳までは心の赴くままに旅路をさまよい、同世代人はもちろん、二十歳〜三十歳年下の友人とも杯を交わしながら、そのときばかりは青年の心に戻って天下を論じる。家に留まれば、陽の高いうちは庭に出て草木と戯れながら過ごし、太陽が西に傾けば陽を背にして読書したり、友人にメールの一通も送ったり。そして夕食時、一日の締めくくりとしてお酒を一杯、いや二、三杯をゆっくりと頂戴する。

所詮、余生などというものは当の本人でも見当がつかないわけだし、主治医があれこれ忠告しても、それに従うかどうかは本人次第だ。

昨今は、買い上げた商品を配達してくれるスーパーが増えてきたし、半調理の食材を宅配してくれるサービス業も普及してきた。わが家から歩いて二十分ほどのところに新しくコンビニもオープンした。車など捨てても足で立って歩ける限り、恐れるものなし。今のまま自立した生活を続けられるだろう。

近隣の有料老人ホームもいくつか下検分して、いざというとき、入居できそうなホームの見当もついている。

備えあれば患いなし。あとは気力が続く限り、前向きに生きればいいではないか。

数年前中山道の歩き旅の途次、美濃路の禅寺でこんな言葉に出会った。

老いの坂道下り坂
コロコロ転げて
人生、下り坂が一番

一瞬、何とすばらしいひと言だろうと思った。老境に入った人の澄み切った心境を見事にとらえている、と直感したからだ。でももう少し深読みしてみると、「下り坂が一番」が、全体を引き締め、リードしている。「コロコロ転げて」を「自由気ままに生きて」と読み替えれば、なるほど「下り坂（老境の人生）」が一番かもしれない。そう言い切るほどの自信もないが、せめてそうした想いを心に抱きながらこれからの人生を過ごしたい。

西行法師は生前、

ねかはくは　花のしたにて　春しなん　そのきさらきの　もちつきのころ

と詠み、その歌の通り陰暦二月十五日・釈尊涅槃《ねはん》の日（今でいえば三月中旬以降の満月の日）に世を去った。当時の人々は歌の通りに入寂《にゅうじゃく》した西行法師の姿を見て、驚嘆したと伝えられるが、それにしてもでき過ぎの感はある。現代人の中には、西行ほどの人だから、その日に合わせて食事や水分補給を調整し、見事この世を去ったに違いないと見る人もいて、私もその指摘は当たっているようにも思う。食いしん坊の私には真似できそうもないが、昨今はピンピン生きてある日突然コロリと往く「ピンコロ」願望が流行りなのだ。

私とて、いつの日か西行法師のようにセルフコントロールして、天城の山を彩るアマギシャクナゲの下でピンコロ往生する、そんな想いに至る日が来るかもしれない。

伊豆半島は、食いしん坊で我欲の強いこの私をして、かく語らしめるほどすばらしい「老人天国」なのだ。

あとがき

人の一生とは、考えてみれば不思議なものである。私が三十年前に伊豆半島に家を建て、定住してからでも十七年間、その地で伸び伸びと生活していることも、不思議といえば不思議なのだ。

本文の中でも書いたが、私の土地探しはどちらかといえば内陸各地から始まった。友人の何人かは八ヶ岳山麓などにセカンドハウスを構えていて、一年の半分をその地で暮らしている。すばらしい選択をしたものだと思う。

一方、私は伊豆半島にたどり着き、そこに住みついた。伊豆との出会いは改めて経緯を追ってみても、偶然にしてはでき過ぎ、といって、必然性などあろうはずもない。文中、ご縁とは偶然と必然の間にあると書いたが、やっぱり伊豆との出会いはご縁というしかないだろう。移住後近隣に多くの友人を得たが、これもご縁あってのことである。

初稿を論創社に入れたあと、ちょっと旅に出た。初日に投宿した宿は、ガーデンコテージ・POLLYANNA。八ヶ岳の南山麓に広がる三千坪の自然の中に身をひそめるようにしてひっそりと立っていた。三百坪から始めた宿経営は、苦労しながら少しずつ周囲の土地を買い増し、四十年たった今、十倍になった。「がむしゃらに、勝手気ままにやってきた」のが成功の秘訣だったと語るオーナー夫妻。続けてこう言った。「ポリアンナは百年前の小説に登場する主人公の名前です。極端な楽観主義で生きた少女の物語に因んでつけました」。

楽観主義か。私は若いころ読んだアランの『幸福論』の一節「悲観主義は気分のものであり、楽観主義は意志のものである」を思い出していた。アランは「およそ成り行きにまかせる人間は気分が滅入りがちなものだ」と続けている。

私は、まえがきで、人生の秘訣として、好奇心と心の赴くままに生きる自由をあげた。好奇心と楽観主義は通底する部分が多いと思うが、本書を締めくくるに当たって、もう一つ「楽観的に生きること」をつけ加えておきたい。

今日の出版不況の最中にあっても、論創社の社長・森下紀夫さんの語り口にはいつも未来がある。事前に原稿に目を通していただいた野中文江さん、松林依子さんも楽観主義を地で行くタイプ、いろいろと有益なアドバイスを頂戴した。論創社の福田惠さんも明るい人柄、未来に向かって前向きに生きている人と拝察した。拙著の全体の構成や書名、装幀案までいろいろとお世話になった。

各位に対し心から感謝申し上げる。

昨今の社会情勢はなにかと窮屈で、失敗が重なると敗者復活がむずかしい。貧富の差も二十一世紀に入って一段と顕著になってきた。人生には百人百様といって済ますわけにはいかない場面もあるだろう。本書では、人間が生きてゆく環境や社会・政治について、そうした側面からの記述を割愛している。放置できないテーマだが、答えは読者諸氏にお任せすることとして、筆をおく。

二〇一九年七月末。梅雨明けの透明な青空を見上げながら。伊豆にて。

菅　卓二

菅　卓二（かん・たくじ）
1933(昭和8)年、東京に生まれる。1958年、早稲田大学政治経済学部卒業、同年三菱金属鉱業（現三菱マテリアル）に入社。1962年、三菱アルミニウムに転社し、1996年同社を退社。1996年～2001年、菱和金属工業勤務。2002年6月、会社員生活を終える。2003年、70歳で静岡県伊東市に転居し、現在に至る。著書に『四国へんろ道ひとり旅』『八十歳「中山道」ひとり旅』『本州横断「塩の道」ひとり旅』（いずれも論創社）がある。

伊豆こそわが人生
――八十路からの新たな旅立ち

2019年11月15日　初版第1刷印刷
2019年11月25日　初版第1刷発行

著　者　菅　卓　二
発行者　森下紀夫
発行所　論　創　社
東京都千代田区神田神保町2-23　北井ビル
tel. 03（3264）5254　fax. 03（3264）5232　web. http://www.ronso.co.jp/
振替口座　00160-1-155266
装幀／森田幸恵（森田デザイン事務所）
印刷・製本／中央精版印刷　組版／フレックスアート
ISBN978-4-8460-1859-7　

本体1800円

八十歳「中山道」ひとり旅

菅卓二著

江戸時代の息吹が伝わる歴史道を歩く旅。初夏の中山道(五三〇キロ)を二十余日かけ二度踏破した著者が、武州路・上州路・東信濃路・木曽路・美濃路・近江路「六十九次」の《隠された見所》を紹介しつつ、《出会った人々》とのエピソードを語る。